ちくま文庫

南の島に雪が降る

加東大介

筑摩書房

南の島に雪が降る【目　次】

南の島に雪が降る

四人の演芸グループ

三味線二等兵

あたらしく入ってきた兵隊たちの名簿を、調べているときだった。

「ホーッ?」

わたしは思わず声をだした。

兵員名簿は、陸軍用紙をコヨリで和とじにした帳面だ。ページごとに、赤いタテ罫に区切られて、見も知らない他人さまの階級、姓名、出身地、職業が、一行におさまっている。

わたしは、おもしろ半分に、いちばん下の職業の項を拾い読みしていた。兵隊ってのは世の中の縮図だから、たいていの職業がある。しかし、そう突飛なのは見あたらなかった。

だから、

「長唄師匠」

という文字にぶつかったとき、わたしは、なんとなく、ニンマリしてしまった。

長唄師匠とは、平ったくいえば、三味線弾きのことじゃないか。

班長が役者で、部下が三味線弾き。こいつは妙にツジツマが合っている。

わたしは急に、その〝もと三味線弾き〟の陸軍二等兵・叶谷《かなや》利明の顔を見たくなった。

ノコノコと事務室を出て、わたしは、かれらをあずかっている下士官のところへいった。

「あんたのところに、叶谷って二等兵がいますか？」

「ああ、いますよ。なにか？」

「いや、べつに大したことじゃないんだけど、ちょっと会いたいんで……」

「いいですよ。呼んであげましょう」

ヒョコヒョコと出てきたのは、色の生ッ白いやさ男だった。軍服がさっぱりイタについていない。ダブダブの袋のなかに、少しだけ荷物が入っているような感じだ。

一応、あぶなっかしい手つきで、わたしに敬礼をした。

「叶谷二等兵か？」

「そうです。……伍長どの」

からだつきのわりには、さすが、声にハリがある。かれはわたしの名前を知らないから、間が悪そうに、ただ「伍長どの」と答えた。

と思ったら、担当の下士官がいなくなるのを待ちかねたように、

「ね、莚司さんでしょ？」

完全な市民コトバだった。

わたしは召集を受けるまで、市川莚司を名のって、前進座の役者であった。

「なんだ、あんた、知ってたのかい？」

うっかり釣りこまれて、わたしもシャバ口調で問い返した。

「知ってますよ。ワタシ……」

陸軍では、一人称を「自分」といわなくてはならないことになっている。

「ワタシ、杵屋和吉師匠の弟子で、杵屋和文次と申します。前進座の〈勧進帳〉なんかでは、大勢のなかで勤めさせていただいたんですよ」

前進座は杵屋勝太郎さんが力を入れていた。勝太郎さんは、三味線弾きがたくさん必要な舞台には、よく和吉さんのところから手を借りていたものだ。

そんなら、わたしが「四天王」や「番卒」をやった〈勧進帳〉では、叶谷二等兵もおなじ舞台を踏んでいたことになる。

「フーン、奇遇だねえ」

なつかしくなって、甘い声をだしたら、

「ねえ、莚司さん、ワタシ、前に三カ月の教育召集を受けたことがあるだけで、戦地のことなんか、なんにもわからないんですよ。こわくてねえ。なんとか、助けてもらえませんか?」

細い首をふりふり、わたしの耳もとでささやいた。

応召の補充兵がワラをもつかみたい気持なのは、よくわかる。

「そうかい。それじゃ、できるだけ楽なところに配属させてやるよ」

「すみません。よろしくおねがいします。たのみますよ」

そういって、腰をかがめた。どうも、たよりになりそうにもない兵隊だった。

でも、こんなところで、おなじ世界の人間と会えたのは、滅法うれしかった。

わたしは本部下士官で編成の係だ。杵屋二等兵は、わりあい楽な薬室勤務につくことになった。

兵站病院長に就任した円尾《まるお》軍医中佐は、応召のお医者さんではなくて、陸軍軍医学校出身の生えぬきだった。

わたしが舞台俳優なのが、やけに、ものめずらしかったらしい。さかんに興味を示していた。

それで、顔を合わせたときに、

「変わっているのは、自分ばかりではありません。薬室の要員に、三味線弾きがおりました」

と、話してみた。

「ホウ、そうか」円尾中佐は、おごそかにうなずいて、

「いずれ、現地で兵站病院を開設したら、大勢の傷病兵を収容せねばならん。当然、慰問演芸ということも予想される。大いに好都合である」

わたしたちのところには、タイプライターから看護婦さん用の衣類まで、準備してあった。むこうへいったら、相当大きな病院を接収するようすである。もちろん、まだ勝てるつもりだったから、それがあたりまえだと思っていた。

院長がハナセることをいうもんで、わたしもお調子にのって、口をすべらせた。

「では、叶谷二等兵に、三味線を持っていかせてはどうでしょう?」

いってから、「シマッタ」と後悔した。戦地へ三味線をかかえて出征させようなんて……。

「なにをいうかッ!」

相手はパリパリの軍人だ。カミナリが落ちるぞ——と覚悟していたのに、

「うん、それは名案だ。その兵隊の家はどこか?」意外に、乗り気な返事である。

「東京で応召しておりますが、家は大阪であります」

「そんなら、ちょうどよろしい。集結して出航するのは大阪だから、乗船の前に、とりにやらせよう。特別に外出させてやれ」

こうして、和文次二等兵は、大阪出帆のまぎわに、「公用外出」の腕章を巻いて、自宅へ急行することになった。

愛用の三味線を箱におさめ、それをまた、ていねいに包んで、叶谷は帰ってきた。かれは、そのほかに、ホープの空カンに、絃《いと》をいっぱいつめて持ってきた。

薬室には、薬剤の梱包がドッサリある。わたしは叶谷の愛器を、そのなかのひとつに、ていねいに入れさせた。

スペイン舞踊の名手

わたしこと加藤徳之助が応召したのは、昭和十八年の十月だった。ひとむかし前の昭和八年に、千葉陸軍病院で現役をすましたとき、わたしは伍長勤務上等兵だった。のちの兵長である。

だから、十年ぶりで召集されると、即日、衛生伍長になった。入隊したのは、世田谷にある「東二」（東京第二陸軍病院）であった。

いっしょに応召した仲間は、下士官ばかりだった。ひと足おくれて入ってくる兵隊を編成するのが、さしあたっての仕事である。

ひとまず、兵站病院が組織されると、おなじ世田谷の豪徳寺に移った。お寺のなかに分宿したのだ。ここで、あとから来る応召者をむかえて、人員をわりふりするのである。

　和文次こと叶谷二等兵をつかまえたのは、そのときであった。

　さて、豪徳寺から大阪へ出発する前日は、休日になった。家族との面会も許されて、兵隊たちはゴキゲンだった。面会時間がすぎたあとも、みんなは、家族が持ってきた酒や食物をかこんで、談笑していた。夜になると、隊からも酒が配給された。

　酔いがまわるにつれて、兵隊たちの騒ぎかたはケタタましくなった。ころを見はからって、わたしは寺内を巡察にまわった。ブラブラと見まわっていると、ひときわ、にぎやかな部屋がある。

　つい誘われて、中に入ってみた。バカに陽気な騒ぎかただったからだ。

　まん中で、ひとりの兵隊が威勢よく踊りまわっていた。手ぬぐいで向う鉢巻をして、軍用毛布を長くクルブシまで巻いている。そして飯ゴウの中蓋を手に持って、スッチャカ、スッチャカやっている。

　〈そうらん節〉だった。全員が、「ソーラン、ソーラン」と合の手を入れると、かれはモーションを大きくして、いいところを見せる。

　小柄だが、妙にイナセな美男子だ。それに、やたらと色ッぽい。

見ているうちに、わたしはビックリした。おこがましいが、わたしも踊りでは、一応、橘《たちばな》流の名取だ。だから、わかるのだが、その兵隊の踊りは完全にクロウトだった。

くずして、デタラメに跳ねてるみたいに見えて、実に本式なのだ。身のこなし、テンポのとりかた、動きのバランス――りっぱなものである。

こいつ、タダモノじゃないな、とニラんだから、一段落したところで、

「お前、なにものだ？」と聞いてみた。

「前川五郎二等兵です。スペイン舞踊の教師をやっていました」

うまいのがあたりまえである。

「振付師か？」

「ハイ、宝塚などへも教えにいきました」

どうも、おかしな兵隊ばかり集まってきたものだ。叶谷のこともあるので、

「現地へいったら、慰問演芸をやるかもしれんから、そのときは手つだってくれ。オレは加藤伍長。前進座の俳優だよ」

「いやあ、それはそれは……。ぜひ、お手つだいさせてください」

前川も大よろこびだった。かれも、はじめての応召だから、わたしが〝ワラ〟に見えたのだろう。

わたしは、前川二等兵も手もとにおきたくなった。さっそく、かれの班長のところへいって、かけ合ってみた。

「前川二等兵を本部にくれませんか?」

ところが、

「あの兵隊だけは、あげられません」

ケンもホロロの返事だ。もう、チャンと前川の特技に目をつけていたのである。

「おもしろい奴ですな。あれは手放せませんよ」

わたしはガッカリした。その顔を見て、気の毒になったのか、相手の班長は妥協案をだしてくれた。

「いいです。そんなにお望みなら、いりようなときには、いってください。貸してあげますよ」

四人目の演劇マン

船が大阪を出港した直後だった。各部隊の担当下士官が、命令受領のために、上甲板に呼び集められた。

船内ですごすこれからのことについて、指示を受けるわけだ。

整列していると、船橋に輸送指揮官があらわれた。エリ章は大尉だ。

ちょっと説明しておくが、輸送の責任者は本科（歩兵、騎兵、砲兵、工兵、航空兵などの兵科）の将校でないとやれない。だから、軍医中佐の病院長が乗っていても、船の親方は大尉だった。

指揮官の横に、若々しい中尉の輸送副官がいた。命令はこの人の口からくだされた。体格がよくて、しぶいマスクをしている。シャッとした姿勢で、テキパキと指示しはじめた。実に要領を得ていて、名調子だ。

「威勢がいいな」

「いやに張りきってやがるじゃねえか」

「ああいうのは、気をつけねえとな。ショッペエにきまってるから……」

下士官どもは、そんなことをささやき合っていた。

命令受領がすむと、こんどは人員報告がある。副官のそばに、名簿をニランでいる係がいる。その人に、自分の隊の人数をいうのだ。

「兵站病院二百五十名ッ」そう怒鳴って、サッサと帰りかけたら、

「ちょっと、その下士官、待てッ」

副官に呼びとめられた。

態度が悪いんで、怒られるのかな――と観念して、むかい合うと、いきなり、

「しばらくだなあ、莚司君。ぼく杉山だよ」

「あア、これは……」

杉山誠さんだった。東大出の演劇評論家で、若手として売出し中の人である。ちょくちょく、前進座へも顔を出してくれていた。

あんまり将校ぶりが堂に入っているもので、わからなかったのだ。

「きみもだったんだな。ボクもこないだ解除になったばかりなのに、また召集を食っちまってさ」

その夜、わたしは杉山中尉と甲板で落ち合った。

「この船、どこへいくか、知ってる?」

「いえ、知りません。どこか、南方でしょう?」

「南方もなにも、実はね……」

杉山さんから、ささやかれたとたん、わたしの心臓はけつまずいた。

「フェーッ！」

輸送副官は、わたしの耳のそばで、こういったのだ。

「西部ニューギニアのマノクワリなんだ」

――ガダルカナルや東部ニューギニアは、敵の猛反攻に押しまくられて、日本はピンチに陥っている、と聞かされていた。ことによると、生きて帰れないのじゃなかろうか。声も出なくなっているわたしに、杉山中尉はノンビリと笑いかけた。

「兵站地を開いたら、ひとつ、みんなで演芸でもやりましょうや」

演芸グループは四人になった。

さようなら日本

召集だね？

わたしが召集に接したのは、楽屋の鏡のなかであった。

昭和十八年十月八日の夜――

そのとき、前進座は大阪・道頓堀の中座に出ていた。

切り狂言の〈新門辰五郎〉（真山青果作）があこうとしているときだった。わたしは顔をし終えて、着付にかかっていた。

むかっている鏡台のなかに、スーッと影がさした。ノレンをあげて、妻が入ってきたのだった。

妻——京町みち代も前進座の女優だ。こんどの狂言にも、役をもらっていた。

女房の顔つきがおかしい。入ってきたまま、鏡台のなかのわたしを見つめたっきり、なんにもいわないのだ。とっさに、ああ、とうとう、きたな、と思った。

しかし、口からでたコトバは、われながら冷静だった。

「召集だね?」

妻もポツンと答えた。

「ウン」

「入隊はいつ?」

「十日だって」

十日?　きょうは八日だ。

「東京かい?」

「そうよ」

じゃ、すぐに立たなくては間に合わない。

「芝居も、こんどの幕でおしまいか」

「そうなるわね」

べつに愁嘆場はなかった。わりに事務的なやりとりだった。ショックを受けた瞬間は、そんなものかもしれない。

それに、そのころは、令状が連日のように、だれかのところへ舞いこんでいるご時勢だった。むしろ、甲種合格で現役を勤めて、まだ三十すぎのわたしを、十年間も見逃してくれているのが、ふしぎなくらいだった。

開幕のベルが鳴るなかで、翫右衛門さん（中村）、長十郎さん（河原崎）をはじめ、座の連中に報告した。

芝居は、いつものとおりに進んだ。翫右衛門さんが新門辰五郎、長十郎さんは仁平オジに扮していた。わたしは、マトイ持ちの彦造の役だ。

大詰は、火事場へ出かけるシーンである。火事だというんで、大勢の子分たちがかけつけてくると、辰五郎と彦造は、もう火事装束で待っている。

下手《しもて》にいる仲間が、マトイをポーンとわたしに放ってくれる。放られたマトイを、彦造は空中でパッと受けとって、ググッとまわしながら、花道までいく。

そして、七三にきかかったところで、マトイをトーンとつく。と、そこで、チョーンと〝キ〟が入って、辰五郎が威勢よく、「イヤーッ」と叫ぶ。みんなが「イヤーッ」

と答えて、木やりがはじまる。

わたしはマトイをかついで、タッタタッタッとひっこむ。

そういう幕切れだった。

幕があいてから二時間近くのあいだ、応召のことは、ほとんど忘れていた。ところが、七三でマトイをトーンとついたとたんに、ツーンときてしまった。地面をたたいた衝撃が、マトイを伝わって指に、指から腕、腕から肩へ——その電流が自分でもハッキリわかる強さで、またたくまに、胸の中心につきささっていった。

ああ、「板」の上で芝居をするのも、この一瞬で、もうおしまいなんだ……！

妻から召集を知らされてから、はじめて実感としてこみあげた惜別の想いであった。

「板」と、わたしたちは呼ぶ。「イタにつく」「イタに乗せる」というように、それは舞台のことである。舞台は、役者にとって、血のかよった地面だ。その「板」とも別れなくてはならない。この気持は役者根性の持主にならなら、すぐわかっていただけるはずである。

わたしは、ノドモトから吹きこぼれそうなものをこらえて、ダーッとひっこんだ。

姉の扇子

兄（沢村国太郎）と家内が、上京するわたしにつきそった。彼女は役をおりさせてもらっていた。

東海道は絶好の秋晴れだった。富士山が、めずらしいほどスッキリと見えた。

「いいなあ」

わたしが嘆息したら、

「こりゃあ、また見られるってツジウラだよ」

兄が力づけてくれた。

東京郊外の桜上水に、姉（沢村貞子）の家がある。両親もいっしょにいた。わたしの住まいは別にあったのだが、親のいるところから入隊することにした。

「縁起がいいじゃないか。八の日に令状がくるとはな」

下町ッ子の父は、もとから、「八」という数が大好きだ。もちろん、〝末ひろがり〟だから目出たい――というのである。入隊するのが「勢三八八五部隊」なのも、親爺のキゲンをよくした。

「お前、大丈夫だよ」

　こんなときには、だれでもジンクスをかつぎたくなるものだった。おまけに、わたしたち一家は浅草生まれの江戸ッ子ときた。

　姉の家には踊り舞台があった。

「お前が髪を切るまえに、ひとさし踊って見せてくれないか」

　だれいうとなく、そうなった。わたしは家内と二人で〈鶴亀〉を舞った。わたしは橘右京という踊りの名前をもらっていた。

　舞い終ると、姉の貞子が、あらたまった顔でいった。

「これ、あたしが大事にしている扇子なんだけど、あなたにあげます。いいものだから、なにかになるでしょう」

　女房と踊った記念に――とはいわなかったが、姉の気持はそうだったに違いない。ありがたく舞扇をちょうだいすることにした。

　こんなものを戦地まで持っていったら、ひょっとすると、文句をいわれるかもしれない。が、そのときはそのときだ。

　わたしは荷物のなかに加えた。

しかし、入隊してからの仕事が、事務みたいなものだったおかげで、女房とはすぐにまた会うチャンスがあった。

暇ができると、自分で「外出許可」のハンコを押して、桜上水に帰ったのだ。どうも、チャランポコの帝国軍人で申しわけない。

妻は、坊主頭の軍服姿を、めずらしそうに点検していたが、

「あんた、時間ある？」

「ン、ないこともないよ。なぜだい？」

「二人で前進座にいってみない？」

前進座は吉祥寺にあった。桜上水から明大前まで京王線、それから乗りかえて帝都線だ。

帝都線に乗って、二人ならんで腰かけていたら、妻がしきりにわたしの膝をつっつくのである。

「なんだよ」

「シッ。前を見なさい」

顔をあげたら、すぐ前に、小さな兵隊が二人立っている。幼年学校の生徒だった。

▶ニューギニアに出港する直前、大阪で撮ったもの。当時32歳。

▲入隊前夜、夫人と舞う「鶴亀」

その連中が、背筋を伸ばして、下士官のわたしに元気よく敬礼していた。

「あんたに敬礼してんのよ。答礼してあげないから、手がおろせないでいるじゃないの」

いわれたとたんに、カアーッとアガッてしまった。あわてて、わたしは帽子をぬぐと、ピョコンとお辞儀をした。

これには、かれらがプーッと吹きだした。

十年ぶりにふられた軍人という〝役〟である。それに、入隊して五日目だった。わたしは、いろんなことを忘れていた。まったく、怪しげな下士官であった。

オイとの別れ

——乗船準備のために大阪へ移送されると、港のそばの宿屋に分宿した。わたしはただちに管区司令部へ「全員到着」を報告にいかされた。

大阪城にある司令部へ出頭しての帰り途、市電で道頓堀にきかかったとき、窓の外に映画の看板が見えた。

「稲垣浩監督〈無法松の一生〉主演　阪東妻三郎　園井恵子」

ちょいと見ていこうかな、と思った。このシャシンには、兄の長男沢村アキヲが、吉岡少年の役で出ている。まだ八つぐらいで、これが映画への初出演だった。いまの長門裕之である。

千日前で降りた。常盤座という映画館に、心あたりがあったからだ。入口で、

「〈無法松〉はなん時からですか？」

と聞くと、

「ちょうど、はじまるところです」

これは幸運だ――と切符を買ったとき、

「モシ、モシ」

うしろから声がかかった。ヒョイとふりかえったら、憲兵上等兵が立っていた。

「あなたは出征部隊ですか？」

わたしは長い軍刀を釣っている。ふつう、下士官は短いゴボウ剣なのだが、戦地へいく場合には、長剣が許される。見ればわかるわけだ。

「そうです」

「どこの部隊ですか？」

「濠北派遣・第一二五兵站病院——通称は勢三八八五部隊」

「いつ着きました」

「きょうです」

「きょう？」

憲兵の顔つきがけわしくなった。

「それで、いま、どうしてこんなところを？」

「管区司令部へ報告にいった帰りなんです」

戦争中は、憲兵といえば、泣く子もだまるくらいのこわい存在だった。しかし、わたしがケロッとしていったので、かえって、毒気をぬかれたのかもしれない。苦笑のていで、

「応召のかたは困りますな。公用外出の帰りに映画見物とはねえ。なんで、また、そんな気になったんです？」

わたしは正直に白状することにした。

「実は、この映画には、わたしのオイが出ていますもんで……」

「オイ、それはだれですか？」

ウソをいっていると疑ったのだろう。

「沢村アキヲです」

「フン。それはどういう人です」

一応の訊問だ。

「沢村国太郎の長男ですよ。国太郎はわたしの兄です」

「エッ、沢村国太郎の弟？」

急に顔をのぞきこんできた。ジッと見つめていたが、

「あなた、前進座の人じゃありませんか？」

「そうです」

「中座に出てましたね」

「ハイ」

「ハハア、マトイ持ちをやってた役者だな。〈新門辰五郎〉、わたしも見ましたよ。たしか、市川エン……？」

「その莚司ですよ」

「そうですかあ」

グっと、くだけてきた。

「すると、あれから召集ですか?」

「八日に召集がきて、十日に東京で入隊したんです。二週間いて、きょう、こっちへ……」

「フーン」

憲兵は考えこんでしまった。しばらく、絵看板とわたしの顔を見比べていたが、

「じゃ、いいです。好きなようにしてください。わたしはアッチをむいていますから……」

シャレた奴だった。おかげで、ゆっくりアキヲと別れを楽しめた。

大阪にいるあいだに、アキヲの弟の雅彦とも会えた。兄につれられて、宿舎にきたのだった。といっても、面会が許されたのではない。兄が宿の人にムリにたのみこんで、もぐりこんだのである。

いまの津川雅彦は、まだ三つだった。

「オジチャン、刀ぶらさげなよ。早く、ぶらさげなよ」

しきりとせがむ。まさか、旅館のなかで軍刀を釣るわけにもいかないので、わたしは外出することにした。

さきに二人を出しておいて、わたしはよその隊へ連絡にいくような顔で、刀をぶらさげて表へ出た。雅彦は満足していた。

台湾で兄に会う

数日後、わたしたちは故国をあとにした。

「アデン丸」という五千トンばかりの古い輸送船だった。なんでも、民間のオンボロ船を徴用したのだそうである。

瀬戸内海をぬけるあいだ、兵員は船内にカンヅメにされた。防諜のため、出征部隊の姿を見せないためらしい。要員のほかは、甲板へ出ることを禁止された。

関門海峡を出はずれるときになって、船内マイクが、

「ただいまより三十分間、甲板にのぼることを許可する。祖国の姿を目に焼きつけておくように」

と、アジな命令を放送した。杉山さんの声のようであった。

夕暮れの海面のかなたに、内地の山野が薄れていた。わたしたちの生活のすべてが、そこにあった。

〽あーあァ堂々の輸送ォ船。

期せずして、その軍歌がわきおこっていた。

「さーらァば、祖国よ、栄えあァれ」

うねりの幅が大きくなり、内地は遠ざかっていった。夕闇が急に迫った。潮風が冷たくなった。一人去り、二人去り……いつまでも、たたずんでいるのは、妻子のある老兵たちであった。その動かないうしろ姿が、舷側にシルエットで浮かんでいた。

「アデン丸」は台湾の高雄に寄港した。敵の潜水艦がウヨウヨしていて、危くなったからだった。

下士官以上に、上陸が許された。こんどはモグリではない。

街を〝女の脚〟が歩いていた。内地では、女の人はみなモンペ姿である。脚線美なんか、もう忘れていた。だが、ここでは、若い娘たちは中国服なのだ。足を運ぶたびに、横スソが割れて、肌が見えた。

女性の脚って、こんなに美しいものだったのか――ポカンとなってしまった。とびきりきれいな脚のあとを、知らずにつけていった。ハッと気がついて、われながら照れたとき、目の前に映画館があった。

丹下左膳の〈百万両の壺〉をやっていた。大河内伝次郎さんが左膳で、兄貴の国太郎が柳生源三郎に扮していた。

もう会えないかもしれない兄の顔を見、声を聞いているうちに、ポロポロ涙がこぼれだして、どうしてもとまらない。泣きどおしだった。

終って、出るときになっても、まだおさまらない。

「失礼ですが……」

客席係のような人がよってきた。

「みんな笑ってらっしゃるのに、なぜ、兵隊さんだけ、泣いておられたんですか？なにか、わけでも？」

「実は、わたし、沢村国太郎の実弟でして、兄貴と対面してるうちに、つい醜態をさらしてしまったんです」

その人は、しきりにうなずいて、

「それじゃ、手紙でもありましたら、わたしからお送りしましょうか？　わたしも国太郎さんのファンですから、そのくらいのことはさせてください」

親切な申し出だった。ありがたく好意を受けることにした。

隊からの発信は、ぜんぶ内容を検閲される。だから、ほんとうのことが書けない。

「台湾までは、無事に着きました。いく先はニューギニアのマノクワリというところです。なにかに、この地名が出てきたら、気をつけてください」

そう書いて、わたしは客席係さんにことづけた。

おかげで、家族たちはわたしの居所を知った。そのかわり、連絡がとぎれたあとは、余計な心配をしなくてはならなくなった。ニューギニアの全滅が伝えられたからだ。なまじ、わたしのありかを知っていたばっかりに、妻たちは、戦死したのではないか——と苦しんだそうである。

が、それはあとの話だ。

——八隻からなる船団は、一万数千人の将兵をスシづめにして、あちこちに退避しながら、ノロノロと南下していった。

三味線の功徳

和文次の「イッヤァーン」

また、叶谷二等兵の弾く三味線が、病室から聞こえてくる。例によって、病人の枕もとで、都々逸やら、柳家三亀松ばりの「イッヤァーン」をやっているのだろう。

病院はジャングルのなかにあった。ニューギニアのジャングルは、ターザン映画を想像していただけばいい。いかにも、猛烈な精力で上へ上へと伸びたという感じの高い高い樹が、ビッシリ繁った葉をつけて、屋根をつくっている。

その樹々のあいだに、ターザンのぶらさがるような太くて長いツルが、ななめにもつれ合っているのだ。昼間でも、ほとんど陽は差さない。ただ、どうかした拍子に、一瞬、鋭い光線が一本の矢になって、サアーッとつきささってくることはある。その下に、ニッパ・ハウスの仮病舎がひそと静まりかえってならんでいる。地面はいつもぬれていて、歩くと足をとられた。梅雨どきのドロンコ道みたいなものだ。ドス黒い、イヤな色の土である。

一年じゅう、暑くてジトジトして、肌がサラッとするときはなかった。

そんななかで、瀕死の病兵たちは、ボロにくるまって寝ていた。

病院に入れられることは、死を宣告されるのとおなじだった。なおるあてのあるうちは、隊の病室で寝かしてくれる。もうダメ——とわかると、タンカに乗せて、運びこんできた。

栄養失調、悪性熱帯マラリア、デング熱、アミーバ赤痢、それから熱帯性カイヨウなど……。入院患者は、それこそ骨と皮ばかりだった。

なんの楽しみもありはしない。ボンヤリと故郷のことを想いながら、死を待っているだけだ。どの顔も、考えていることをマル出しにして、いかにもさびしそうだった。

いつからだったろう？　いわれもしないのに、叶谷は夜になると、三味線をかかえて病室をまわるようになっていた。

叶谷は気のいい男である。患者の気持がわかっているから、陽気なものばかりやって聞かせた。

それなのに、三味線の音を聞いただけで、たいていの病兵は顔をおおってしまった。なかには、三味線を見ただけで、もうマブタをふくれあがらせるものもいた。

「こんなところで、三味線が聞けるなんて……。もう死んでもいいです」

感激にノドをつまらせながら、そうつぶやいて、ほんとうにその夜息をひきとった老兵もあった。

ひどい湿気のなかを持ち歩くので、和文次の愛器も、胴がおかしくなっていた。

ダブル・キャスト

マノクワリに上陸して、もう半年がすぎていた。

明治節の十一月三日に大阪を出帆して、ニューギニアの土を踏んだのは十二月八日だった。ちょうど二回目の開戦記念日にあたっていた。距離のわりには、ずいぶん長い航程であった。

だが、無事に着いただけでも、ましなほうだったのだ。

途中、マニラによったとき、わたしは珍妙な発見をした。上陸して、飯を食っているとき、やはり南へむかっている船団の兵隊と同席したのである。話をしているうちに、わたしはフッと気がついた。

その男のいうことが、ソックリわたしとおなじだったのである。

「八隻ばかりの船団ですよ。ええ、西部ニューギニアへいくんです。兵站病院も乗っています。それから、貨物廠、自動車廠、兵器廠……だいたい、大きな基地部隊はそろっていますね」

ふしぎにおもったので、杉山さんに聞いてみた。

「ふしぎはないよ。どっちかが着けばいい――という仕掛なのさ」

「そんなバカなッ！」

憤慨したものの、杉山中尉のいいぶんはもっともだった。

「こっちは大阪出港。むこうは敦賀から出ているね。台湾では、われわれが高雄。あっちは基隆によってる。コースを変えて、どっちかをマノクワリに着かせる寸法なんだな。片いっぽうがボカ沈を食うのは、計算に入ってるんだよ。ダブル・キャストってわけさ」

そういえば、そのあと、バシー海峡にきかかったとき、救命胴衣が配られることになって、受けとりにいくと、まるっきり数が足りなかった。

「兵站病院です。カボック、ください」

「えッ？　病院？　ああ、病院の連中は、なくてもいいんだよ」

意外な応対にビックリして、問い返したら、

「病院は船艙だろ？」

「そうです」

「だから、救命具はいらないよ」

「どうしてです？」

「だって、潜水艦にやられて、魚雷を食うのは、お前さんたちのいるところだぜ。どっちみち、助かりゃしないよ」

――ともかく、ことなく着いたマノクワリは、予想とは大違いだった。

オランダ領ニューギニアの首府、と聞いていたから、南国の大都会を夢みていた。ところが、わたしたちが住みついたのは、手づくりのニッパ・ハウスだった。ほんとの小屋である。

円尾中佐にしたって、想いはおなじで、院長宿舎は白堊の洋館――とでも想像していたらしい。案内していったら、

「なんだ、お前。こんなところに住ませるのか?」

と、イヤぁな顔をした。

だいたい、マノクワリは海岸線からすぐ深いジャングルになる、小さな港町で、オランダ人は役人と宣教師がいたくらい。あとは原住民のパプア族の家が、パラパラとあるだけ。

だから、めぼしい建物は、わたしたちより半年ばかり前に上陸した海軍さんが手に入れていたのだ。

それでも、司令部だけは、ラワンかなにかのまっ白い木でつくった本建築をさぐりあてていた。

「おッ、いいところがあったんだな」

そこにいた建築班の兵隊に、そう話しかけたら、かれはムッとして、

「わたしたちが腕にヨリをかけて建てたんですからね。でも、軍司令部なんかに使ってもらうためじゃありません」

ヘンにツンツンしている。

「どうしたんだい？　なにかイワクがあるのかい？」

「大ありでさ。この家は、ピー屋になるはずだったんです」

これには、思わず笑ってしまった。

「笑いごっちゃありません。あんたがたが着く少し前に、ほんとに、慰安婦を満載した輸送船が、そこの岬のところまできたんだ」

兵隊のゴキゲンは、ますます悪くなる。

「それが、わしらの見ている前で……」

かれは、いまいましそうに、船が沈没する形を手でつくってみせて、わたしの顔をにらみつけた。潜水艦にやられたのだ。

「ピー屋変じて、軍司令部か」

とはいったものの、待望の生仏サマを目の前で沈められた痛憤は、わからないでもなかった。

出張演芸コンビ

しかし、まだその当座はよかったのである。叶谷とわたしは、ときたま出張演芸みたいなことをして、ノンビリ暮らしていた。

なにしろ、叶谷の三味線は打出の小ヅチだった。

病人用のマグロをもらいに、海軍の民政府へいったとき、

「アレエ？　きみ、前進座の莚司やないか？」

「そうです」

「オレ、前進座のヒイキや」

山中さんという司政官だった。少佐待遇の軍属である。

「おたく、京都ですか？」

「そうや。こう見えても、島原のお茶屋の大将やで。ただ、オレ、水産講習所を出てるもんやさかい、こんなところへ引っぱりだされてな。どもならんわ」

アッサリした人柄らしい。

「オー、そうやった。なにしにきたんや？」

「マグロの伝票を……」

と、いいかけたら、

「よっしゃ、よっしゃ」

面倒くさそうに手をふって、

「オーイ。陸さんの病院にマグロをようけやれ」

それで完了だ。そして、また世間話である。

「ところで、なに食うてんね？　どうせ、ろくなもん、あれへんのやろ」

「ハア」

「よし、よし、話しといたる。また、遊びがてら、とりにこい」

そう聞いて、わたしも助平ごころをおこした。

「実は、わたしのところに、長唄の三味線弾きがいます」

「フーン。そらええ」

山中司政官は、たちまち、エサに食いついた。

「な、今夜でもええわ。その兵隊つれて、遊びにこい」

――病院へ帰って、そのことを円尾中佐に報告すると、さすが謹厳な院長も大よろこびだった。

「招待されたのなら、いってよろしい」

もちろん、おみやげを見こしての作戦命令である。あつかましいとも思ったが、その夜、さっそく叶谷と同行して、民政府へまかりでた。

いくと相客が待っていた。中外商業新報（いまの日本経済新聞）の特派員で、岡田さんという人だ。これが、先代尾上菊次郎の息子さんであった。もちろん、芝居にはくわしい。杉山大尉（進級）とも旧知の仲である。


岡田さんは海軍の報道班員になっていた。

「海軍は物資が豊富だから、まわすようにいっといてあげますよ」

これも、和文次二等兵の三味線の功徳だった。


やがて、戦局は急に悪化していった。十九年五月、すぐ近くのビアク島に敵が上陸した。ホーランジアは、その直前に奪還されていた。病院は、送られてくる傷病兵でゴッタがえした。わたしたち衛生兵には、睡眠時間が減配になった。

爆撃が激しくなった。病院の一部も、患者もろとも吹っとばされた。双発がジャングルすれすれに迫って、機銃掃射をくりかえした。

もう、食糧は入ってこなくなっていた。食べものを積んできた船にかぎって、かならず撃沈された。それは奇怪なほど、百発百中であった。わたしたちは、スパイのせいだとウワサし合った。

食糧のないところへ、いろんな部隊が手ぶらで殺到してきた。ほかへいくはずだったのが、身動きできなくなって、転がりこんできたのや、負けて逃げてきたのなど、貧乏人の家へ、いきなり大勢の居候がやってきたみたいなものだった。病院は山奥へ、ジャングルのなかへと引っこしをつづけた。それを追って、患者輸送隊がタンカを運んだ。

しかし、輸送隊員だって、そう丈夫なはずはない。タンカをおろして、ホーッとため息をついたとたんに、積まれてきた患者より先に、絶息してしまう付添もいた。

輸送隊のなかに、第一一八隊というのがあった。病人を受けとっていたら、

「加藤班長」

と呼びかける男がいる。

おそろしくヒョロ長い一等兵である。いかにも都会の青年らしく世なれた物腰だ。

「なんだい？」

「班長さんは、前進座の役者だったそうですね」

「そうだよ。きみは？」

かれは、ふと照れた笑いを浮かべて、

「いや、まんざら、ご縁がないわけでもないんですよ。わたし、ムーラン・ルージュで脚本を書いていたんです。門馬《もんま》といいます」

また同類が出現したのである。

「そのうち、話そうよ」

「ハア。わたし、ときどき貨物廠輸送の下請けなどもやっていますから、わりに食いものには困らないんです。こんど届けましょう。じゃ」

これが門馬実善一等兵とのなれそめであった。

死の行進

ビアクが全滅した。マノクワリに、敵機がビラをまくようになった。

「無用な抵抗はおやめなさい。あなたがたは孤立無援です。降伏しないなら、七月十四日を期して、一斉に上陸を開始します」

あまりうまくない字で印刷してあった。

その直後、まだマノクワリに残っていた日本陸軍の半分に近い一万人に転進命令が出た。転進とは、退却のことを、ていよくつくろったコトバだ。当時の流行語だった。命令をくだしたのは首脳部の某将官だったそうである。

「半分は転進し、残りの半数でここを死守せよ」

兵站病院の二百五十人のうち、百人が転進に加わることになった。わたしは玉砕組に残された。いってしまう連中を、どんなにうらやましく思ったことだったろう。わたしたちは遺品や遺書を、かれらに託した。

転進組は南の方――バボにむかって行進を開始した。わたしたちに気がねして、表情を殺してはいたが、内心のうれしさは、ビンビンとこっちの胸に響いてきた。

が、これが、戦後に知られた〝ニューギニア死の行進〟であった。

あとで聞いたところでは、某将官は自分でこわくなったのだそうである。転進命令をだすと、自分はサッサと軍幹部といっしょに、最後の飛行機でイドレーへ飛んで、ちょうど、そこにきていた飛行機で、さらに内地まで帰っていったとか……。

そんなわけだから、転進の計画はメチャクチャだった。地図のうえに線を引いて、その直線距離を、指先でチョイチョイと測っただけである。

「うん、三日か四日の行程だな。そんなら、食糧の携帯は一週間ぶんで十分だ」

山のなかをクネクネとたどる道なき道なのだ。まして、ちょっとでもスコールが降れば、すぐに河に変わってしまう湿地帯である。いちばん早いもので二カ月、いや、大部分は永久にバボには着かなかった。飢えとマラリアでやられてしまったのである。あとになって、その道は歩きよいルートになった。白骨が尊い道しるべになったからである。白骨たちは、足を投げだして木にもたれかかり、あるいは、指で水筒のセンをにぎり……息をひきとったときのままの姿で、あとからきた戦友を手引きしていたそうだ。

——残留組は、もちろん、そんなこととは知らなかった。

どうせ、敵の上陸が近い。死ぬにきまってるんだ——ということで、食糧をジャンジャン渡した。米の飯も食べた。酒も飲んだ。食べきれないカンづめは、敵に渡すのは業腹だと、海へたたきこむヤケッパチもいた。

病院では、わたしたちに手榴弾を配った。自決する力もない重症者を、介錯するためだった。

た。

「きょうか？　あすか？」

生ツバキを飲みながら、〝その日〟を待った。待てど暮らせど、反攻軍はこなかった。

「早くしてくれよ」

わたしたちは、かえってジリジリした。

が、そのころ、第二軍司令官豊島《てしま》中将にかわってマノクワリの支隊長となった深堀少将は、予測しない事態の到来を悟っていた。連合国軍は、ほうっておいても、もうなにもできないマノクワリの日本軍をおいてきぼりにして、ハルマヘラ島へ攻撃の矢をむけたのである。

「ここの士気が旺盛なために、敵は退却したらしい。おそらく、作戦の変更だろう。再攻に備えて、長期態勢をしくように……」

しばらくしてから、そんな命令がでた。しかし、長期態勢もなにも、肝心の食糧がスッカラカンになっていた。

――そんな暗い情勢のなかで、叶谷二等兵の三味線は、病室で鳴りつづけた。そして、まもなく、湿気にやられていた皮が破れてしまった。

成功した初公演

「カイカイ先生」

叶谷の熱心さに釣りこまれて、滅入るいっぽうの士気を鼓舞するために、少しはまとまった慰問演芸を、病院でやることになった。

叶谷が、いつものように、都々逸や「イッヤァーン」をやり、病院の親類にあたる防疫給水部から前川を借りてきて踊らせた。わたしが叶谷の三味線を相手に〈勧進帳〉のセリフをやった。

ひとわたりすんでから、ふと思いついて、

「だれか飛入りをやりませんか?」

といったら、フワアッと立ちあがった入院患者がいる。見ると、これがまた、滅法汚らしい兵隊だ。ひと目で、「全身カイカイ」とわかった。わたしたちは熱帯性カイヨウのことを、そう呼んでいた。からだじゅうがくずれて、グシャグシャになるのだが、やたらとかゆいらしい。患者はいつも「カイイ、カイイ」とわめいていた。死ぬことの多い病気であった。出てきたのも、それだった。

病院といったって、ろくに病衣なんてあるはずがない。着たきりスズメの略服が、そのまま寝間着だ。

が、それはめずらしくないとしても、その患者のやせっぷりが見事だった。吹いたら、ほんとうに飛びそうな骨皮筋右衛門である。

眼はピョコンとひっこんでいるし、ホッペタなんかガイ骨みたいだ。こいつが、フラフラと出てきた。

「大丈夫かな？」

「危いですね」

そこは、叶谷もわたしも衛生兵だから、本気で心配になった。

「では、〈長崎物語〉を歌わせていただきます」

アレッと目を見はった。シロウトが観衆の前に立ったときの固苦しさがない。穴ボコみたいな眼を、それでも、ちょっと四方に配って、軽く頭をさげるところなぞ、どうしてイタについたものだ。

〽赤い花なら曼珠沙華……

「おい、やるじゃないか？」

わたしがささやいたら、前川と叶谷もうなずいている。

「これ、使えるぜ」

三人とも同感だった。

すんでから、

「お前、どこの兵隊だ？」

「車輌隊の植田部隊です。わたしは今川一等兵ってんです」

歌ってるときは、いくらかサッソウと見えたけれど、そうしてボサッと立っているところは、やっぱり汚らしい「カイカイ」である。

「うまいな。シャバでは、なにをしていたんだ？」

　すると、「カイカイ」はうれしそうに、穴ボコの眼を細めた。

「コロムビアの歌手です。浅草のオペラ館に出ていたこともあります」

　前川あたりが、プッと忍び笑いをもらした。ムリもない。舞台でライトを浴びた歌手にしては……。だが、実力は、いまのいでたちとは関係がない。

　入院患者のなかから、本職が現われたので、病院長は鼻高々である。さっそく、及川一郎こと今川永喜一等兵には、賞品として、秘蔵のパイナップルのカンづめ一個とタバコが授与された。

　あとで、本人が大まじめでいっていた。

「わたしは、あのパイカンのおかげで、生き返ったんです。あれを食べなかったら、多分、すぐあとで死んでたでしょうね」

　人気稼業らしくなく、純情で素朴な人物であった。

「早く、よくなってくれ」

　激励して別れた。

イモの葉っぱ

食糧事情は悪くなるいっぽうだった。こんなエレジーがあった。

重態の栄養失調患者がいた。危いと聞き伝えて、よその部隊にいる友人が見舞いにきた。

「ダメでしょうか?」

気の毒でも、ウソをつくわけにはいかない。

「ダメでしょうね」

「そうですかあ」

暗い顔をしていたが、思いきったように、胸のポケットのボタンをはずした。

「自分は、あいつとは幼馴染で……。助からないと聞いたんで、最後に、なにか食わせてやろうと、持ってきたんですが……」

モソモソと取りだして、

「これ、やってくれませんか?」

黄色くシナびたイモの葉っぱだった。ていねいに重ねて、十枚ぐらいある。

「白状しますが、作業のときに、かすめてきといたんです。やってください」

いかにも貴重なもののように、おごそかに差し出した。

「いいんだよ。いよいよというときには、患者食を食わせるから……」

わたしはかれの手に、とっておきのご馳走を押し返した。

実際、病院では、臨終の患者には、クズ湯を飲ませることにしていた。ジャブジャブのクズ湯ではあったけれど、それは死と引換でなくては口にできない最高の珍味だったのだ。

しかし、イモの葉だって、ふつうの兵隊にとっては貴重品であった。

食糧が底をついてしまってから、マノクワリの各部隊は、サツマイモを栽培しはじめていた。

大阪からきた金丸部隊という設営隊に、農業技師出身の将校がいた。外地へいくとなれば、どうせ長逗留になる。そう判断して、マニラからイモをなん俵か持ってきたのだそうである。本職に忠実な人で、自分の隊に植えて熱帯栽培の研究をしていた。

それが各隊に種イモとして配給になったのだ。

ジャングルを開墾して、それを植えつけた。これからの命の綱だ。

「イモ畑に立入る者は、帝国軍人といえども射殺する」

そんな命令さえ出ていた。

が、みんな飢えていた。葉っぱでも、ヘタでも食べたい。が、それを許したのでは、イモが育たない。

各部隊に「野草採集隊」が編成された。そのへんをうろつきまわって、内地で食用にしている雑草に似たのが生えていたら、とってくる班である。

主食(?)は、サゴヤシの澱粉とヌカをまぜ合わせて、それを塩水でこねた代物だった。

バナナは実だけが食糧ではなかった。幹も、根までも食べた。

これでは、からだのもつはずがない。みんなが重病人であった。

イモ作業をしていて、

「小休止ッ」

と声がかかる。休憩である。衰えきっている兵隊たちは、倒れるようにして横になる。

やがて、

「作業はじめッ！」

しかし、そう号令がかかっても、起きあがらないものがあった。死んでいるのだ。死亡者を、火葬すると煙が空襲を招くので、穴を掘って土葬にした。その穴を掘る作業員が、掘りながら死んでいった。

「穴を掘ってもらえる人は、しあわせです。いまに、掘るものがいなくなりますよ。早く死ぬほうが得です」

中年をすぎて応召されてきた老中尉が、なかばオドけて、そんなことをつぶやいた。その人も、まもなく死んだ。

しかし、ニューギニアは、ジャングルにさえぎられていない場所では、日光と温度、それに水分も十分だ。イモは三カ月で大きくなる。

どうやら、餓死しないですみそうな見通しだけはついてきた。

杉山式情操教育

そのころ――十九年の秋だったと思う。といっても、ニューギニアには四季がない。ある日、わたしは支隊司令部から出頭を命じられた。病院と司令部は、マノクワリの両端にある。ご苦労なこった——とボヤきながら、野こえ山こえ、でかけていった。司令部にいくと、二人の参謀が待っていた。高級参謀の小林少佐と、通信参謀の渡辺少佐である。

「お前、俳優だそうだな」

小林参謀が、おちついた物腰でいった。

「ハイ、そうです」

すると、小柄な渡辺少佐がひきとって、

「演芸会をやろうと考えてるんだが、できるか?」

「いくらかは、できると思います。自分のほかに、三味線弾きと踊り手がいます。べつにも心あたりが少々あります」

「そうか。実は、自動車廠の杉山大尉とも相談したのだが、ぜひ、やってもらいたい」

ヤブから棒で、おかしいな——と内心、首をひねっていたのだけれど、たきつけたのは杉山誠さんだったのだ。

こっちへむかう船のなかで、杉山副官がいった「演芸でもやりましょうや」という約束は、いま、べつの形で実現しかかっている。

――戦局がどうなっているのかは、さっぱりわからなかった。内地のことも知りようがない。食べものは乏しかった。すぐ横で、ボソリボソリと戦友が死んでいった。お先まっ暗なのである。なにも希望はなかった。ぬけ道のない虚脱の日夜だった。気をまぎらせようにも、ひっかかりがない。

いつくるかも知れない死にむかって、ただ近づいていくだけなのだ。暗い。暗い。そして、幹部たちは口を開けば、「百年戦争」だった。いったい、どうなるんだ？考えはじめると、気が狂いそうになる。せめて、なにか目先の変わった気晴らしでもあれば……。

戦闘や訓練がないのさえ、うらめしかった。

主食のイモが、遠からず収穫できる見こみが立って、最低限には生きていけそうになったことが、なおいけなかった。飢えと別れられそうだと、ひと安心したために、気がゆるんだ。妙に、みんな我が強くなっていた。チーム・ワークは完全に乱れてしまった。

暴力沙汰や口論がたえなかった。それも、原因といえば、ほんのくだらないことばかりである。いちばん多いのは、食いものの恨みだった。

ネズミやトカゲの取り合いもあった。

「オレが見つけたんだ」

「つかまえたのはオレじゃねえか」

そのネズミの肉を分けるにも、

「後肢は、こっちへよこせ」

「オレが料理したんだから、お前なんざ前肢でたくさんでえ」

まったく理由にならない理由で、カタキ同士みたいに争うこともあった。

「ここはオレの場所だ」

「バカいえ。オレが目をつけていたんだ。どけ、どけ」

ジャングルには、区画もなにもありはしないのだ。

そんなことで、いまとなっては書けないような闘争が、ひきもきらなかった。

ケンカをするとき、きまって怒鳴るセリフは、

「なにいってやんでえ。どうせ死ぬんじゃねえか」

だった。

——杉山さんの構想は、情操教育だった。なんとか、みんなのイラだった気持をやわらげて、仲よく暮らしていけるようにしたい。それには演芸しかない。もの好きや道楽の余興ではなかった。考えた小林さんや杉山さんも真剣だったろう。

渡辺少佐とわたしのやりとりを、黙って聞いていた小林参謀が最後にこう下命した。

「とにかく、至急に一度、試作品を見せてもらいたい」

わたしは病院に帰隊した。

「やってみろ。病院の人手は、なんとでもして、間に合わせるから、心配するな」

円尾院長は乗り気である。

「お前たちが信任を得ることは、病院としての面目でもある」

現役の軍人らしく、司令部の企画には協力的だった。

演芸分隊の発足

場所は軍司令官宿舎の前ときまった。ただし、もう、そのときの司令部は、ピー屋になりそこなった本建築ではなくなっていた。あの白木造りは、前に爆撃を受けて、いまは、わたしたちの宿舎に、ちょっと毛の生えたくらいのバラックだった。それでも、木の皮をあんだわれわれのニッパ・ハウスとは違って、一応は、板でできていた。三方はジャングルだった。ただ、前面だけが少し開けていて、形ばかりの広場になっている。そこが会場であった。

昼間やると、敵機にねらわれる恐れがある。〝公演〟は日が暮れてから開幕する手はずになった。

叶谷、前川、わたしの三人が出演者だ。だしものは〈越後獅子〉にした。和文次一等兵（進級）が地方《じかた》で三味線を弾き、前川とわたしが踊るのだ。

スタッフは昼のうちに準備に出かけた。出かける前に、叶谷は三味線に大手術をほどこした。皮が破れて、音が響かなくなっていたからだ。

「なにか、ないかな？」

かれは必死だった。あれこれと工夫し、あっちこっちをさがしまわった。やっと見つけてきたのは、乾パンの箱の上に張ってある薄いブリキであった。

「これを、皮のかわりに張りましょう」

「そんなもので大丈夫かな？」

「なんとかなりますよ。見ててください」

器用な叶谷のことである。ピシャッと張りあげた。かれは慎重に爪弾いた。どことなくヘンな感じだったが、それでも三味線らしく鳴った。

「いいだろう」

一行は、院長が奮発したサラシと竹を持って、司令部へでかけた。〈越後獅子〉では、長い白布をあやつって、波打たせなくてはならない。

むこうへ着いてから、この仕掛をつくろうとしたが、うまくできなかった。手で持つ三角の竹の輪とサラシとが、具合よくつかないのである。

すると、そのへんで道路工事の作業をしていた兵隊のひとりが、スーッとよってきた。

「わたし、やりましょうか？」

「できるかい？」

「針金でしばれば、簡単ですよ」

目鼻だちのハッキリした下町ふうの男だった。腹にぶらさげていた針金の輪とペンチを、はずしたと思ったら、チョイチョイと二、三度、手を動かしただけで、サラシができあがっていた。アッという間もない。まるで手品であった。

「うまいもんだなあ。ありがとう。それにしても、きみはだれだい？」

大目玉のかれは、人なつっこそうに笑って、

「機関砲隊の日沼一等兵です。本職は針金職人です」

そのサラシをふって、わたしたちは月光のもとで〈越後獅子〉を舞った。南国の夜空は、ブルー・ブラックである。月も、南十字星も、緑色に輝いていた。

公演は成功だった。深堀少将は満足げに小林少佐をふりかえって、

「ぜひ、もっと組織的にやってくれ。それには、独立した演劇分隊をつくって、それ専門にかからせなくては不可能だろう。できるだけ要員を集めて、すぐ編成にかかるように。軍としても、できるだけのことはしてやれ」

司令官は決断の早い人だった。

スター誕生

俳優募集命令

マノクワリには、ザッと四十くらいの雑多な部隊が点在していた。その各隊に、深堀司令官の名前で、命令が発せられた。

「当マノクワリ支隊は、全将兵の士気を鼓舞するの目的をもって、今般、演芸分隊を編成せんとす。各隊はこれに協力し、それぞれ隊員のうちより該当者を供出すべし。選考のうえ、合格者は要員として採用するものなり。

選考日は十月×日。候補者は三泊四日の食糧を携行して、司令部経理部長村田大尉の宿舎に、午前×時までに出頭のこと」

計画は、たちまち、実行に移されたのである。

支隊首脳部は、演芸分隊に大きな期待をかけていた。ほうぼうの隊から、専任の演芸要員を供出すれば、そのぶんだけ、作業の人手は足りなくなる。それでなくても、どの隊も病人や半病人ばかりで、手がまわりかねているのだ。あたらしく誕生する演芸専門の分隊にしたって、自給自足の態勢にはない。

「軍としても、できるだけの援助を惜しまぬよう」

と司令官がいったのは、そのことだった。

演芸分隊は、ひとつの部隊として、独立することになっていた。そういう形をとるからには、将校の責任者がいなくてはならない。その人選がむずかしかった。

と、小林参謀が名案をだした。

「村田大尉がいいだろう。それに、あの人なら経理部長だから、食糧のほうも、都合がつけやすいのじゃないか。演芸用の資材にしても、経理部の係だしな」

村田さんは応召の老大尉だった。出征するまでは、会社の重役をしていたということである。いかにもサバケて、ものわかりのよい紳士であった。

司令部の部長クラスは、ほんとうなら、佐官でなくてはいけない。しかし、高級将校には、転進に加わった人が多かったし、残されたもののなかにも、戦死者が少なくなかった。

で、大尉の最先任である村田さんが、会社経営の前歴を買われて、経理部長になっていた。

いばるでもなく、ユウユウとしていて、さすがの現役将校たちも、その持ち味には一目おいていた。

深堀司令官の信頼も厚かった。小林少佐が、階級にこだわらずに、村田さんを推薦したのも、そんなわけだった。

わたしたちは、村田大尉の宿舎のまわりに、いくつものテントを張って、志願者宿泊所にした。

ニューギニアは島である。が、淡路島や伊豆大島を連想してもらっては困る。島は島でも、日本全体の二倍よりも大きい世界第二の大島だ。そして、ジャングル地帯が多いから、マノクワリ支隊指揮下の地域は広かった。

「三泊四日の食糧を携行」とは、そのことを物語っている。

南の湾のかなた、東にある山のふもと……あっちこっちに、四十ばかりの部隊が、ポツンポツンと駐屯して、細々と自給生活を送っていた。

七十二人の浪花節語り

当日――

千里の道を遠しともせずに、ポッコポッコと山谷を踏破して、村田大尉の宿舎に集まってきた〝受験生〟は、おどろいたことに、百人に近かった。そして、受験科目を調べて、さらに仰天させられたことには、そのうちの七十二人が浪花節専攻であった。

試験官は村田大尉、小林参謀とわたし加藤軍曹（進級ホヤホヤ）である。

「村田さん、浪花節が七十なん人とかいるそうだね。これを、ぜんぶ聞かされるのかと思うと、マラリアがおこるよ」

小林少佐がゲンナリした顔をむけたら、村田大尉はニッコリ笑って、

「我慢して、聞いてやりましょう。みんな、イモの葉っぱの弁当を持って、遠くから歩いてきたんですから……」

わたしはハッとした。なんて、この人はいい男なんだろう。これがほんとうの苦労人というのかもしれない。わたしはジーンとなったのを隠すために、

「ハイッ、自分が聞きます」

と、力んで答えた。

まったくの話、志願者たちの弁当は、たいていがイモのヘタか葉っぱだった。イモそのもので雑嚢をふくらませているのは、ほんの少ししかいなかった。ほとんどの兵隊は、ペッチャンコの雑嚢をデレンと肩から釣っているだけだった。

選考は、まる一日かかった。

はじめて見るような珍芸が多かった。あおむけにひっくりかえって、足の先で曲芸をするのが「足芸」だった。ハダカの腹に、スミで顔をかいて、よじったり、ふくらませたりしながら、百面相みたいに変えるのは……たしか、「腹芸」とはいわなかったようである。

合格者の第一号は、浪花節から出た。七十二人のうちの七十二番目にウナったのが、試験委員の気に入った。

それまでにも、自称「東武蔵の高弟」やら「木村友衛の愛弟子」はいた。うまいにはうまいが、ものまね臭が強くて、ただそれだけだった。

〝七十二番〟は虎造調でやった。似ているという点では、それほどでもない。しかし、なんとなく、自分の浪花節になっていた。それに、滅法ボリュームがある。

実をいうと、わたしはその兵隊に見覚えがあった。司令部の前庭で、〈越後獅子〉を踊った日、ぬく手も見せずに、サラシをつくってくれた針金の魔術師——日沼長四郎一等兵であった。

つづいての入選者は金丸部隊の小原虎之助上等兵だった。この男は、なにも芸を見せようとしなかった。

「特技は？」

「絵です」

「画家かい？」

「美術の学校を出てから、友禅のデザインをやっていました」

「それで……？」

「舞台装置に興味を持っています」

長身で、どこかムスッとした男であった。

「よしッ、採用」

つぎには、海上輸送隊の斎藤弥太郎上等兵がパスした。いかにも、おとなしそうな、小柄な若者だ。

採用の理由は簡単である。

「職業は洋服屋であります。和裁もいくらかできます」

といったからだった。衣裳部要員だ。

こんどは、前川とおなじ防疫給水部からきた塩島茂上等兵が当選した。

「職業は?」

「会社員です」

「特技は?」

「とくにありません」

そんな年でもなさそうなのに、頭がゴマ塩だ。どうやら、江戸ッ子と見えた。

「志望は?」

「家がカツラ屋です。門前の小僧で、一人前にはつくれます」

「よしッ」

――それまでは、ずっと兵隊ばかりだった。ところが、ヌッとあらわれた大男は、古びた軍曹のエリ章をしていた。

「碇泊司令部の篠原竜照です」

イカつい顔に、まっ黒なヒゲが一面に生えている。スゴ味があった。

わたしが新米の軍曹なので、村田大尉が選考をひきとった。

「職業はなに？」

「僧侶です」

「ソーリョ？　坊さんだね」

「ハア」

軍曹はニッと笑った。坊さんにしては人相が悪いことを、自認しているようすである。

「志望は？」

「博多仁輪加《にわか》です。いま、やります」

いや、実にうまかった。ズッシリとサビのきいた人相が、仁輪加をやりだしたとたん、ガラッと変わってしまった。軽妙でアカぬけていて、まことにイキだ。この坊さん、相当な遊び人だな、と思った。

「とりたいね？」

村田さんがわたしをふりかえった。

「まったくです。得がたい人材ですよ」

〝廉〟あるときは……

すると、職業軍人の小林少佐が、もっともな疑義をだした。

「篠原軍曹」

「ハア?」

「お前、班長なんだろう?」

「そうです」

「班長が、演芸分隊に入ってしまったら、部下はどうする?」

怪僧は、またニッと笑って、

「いやあ、碇泊司令部というばってん、山の奥にこもっとるとです。船を出すわけではなかとですから、イモつくりなら心配なかです」

長い話になると、九州弁が出た。

「フーン」

軍人らしくない理屈に、小林参謀はふしぎそうである。

「いいでしょう?　小林さん」

村田大尉が口ぞえした。

「いい。いいが、もうひとつ問題がある」

「なんですか?」

小林少佐は、篠原軍曹とわたしを見比べた。

「演芸分隊の班長は加藤軍曹だ。その下に、先任の軍曹が入るのはおかしい」

すると、当の篠原僧正が口をひらいた。

「そんなこと、どうでもよかじゃなかとですか。この道では、加藤さんは本職だし、自分はシロウトですたい。ちっとも具合が悪くはありませんと」

サバけすぎた軍曹さんだ。しかし、小林高級参謀は、まだ釈然としない。

「そういっても、実際に分隊の責任を持つのは、下級者の加藤軍曹だ。それでは、軍の統制上、感心できない」

篠原古参軍曹は、少し心配になってきたようだった。このぶんだと、せっかく合格したのに、えらすぎたばっかりに、帰されるかもしれない。みんな、演芸分隊に入って、少しは生活に変化を見つけたい一心で、よろこび勇んで応募してきたのだ。

さっきから、だまってやりとりを聞いていた村田さんが、このとき、ニコニコしながら、

「こういうことにしては、どうですか？　こと演芸に関しては、加藤軍曹が班長でやる。そのかわり、軍としての〝廉《かど》〟あるときは、篠原軍曹が指揮をとる。これで、いかがでしょう？」

さすがに、村田重役は、世なれた通人だった。

「なるほど、それでいこう」

小林少佐もアッサリ了承した。

「〝廉〟あるとき」とは、軍隊として正式の団体行動をする場合のことだ。つまり、演芸分隊が、マノクワリ支隊の一単位という形で、人前に出るときには、篠原軍曹が最右翼に立って、号令をかけるわけである。

やっと、篠原軍曹は採用にきまった。

わたしは、考えていることがあったので、古巣の病院へ飛んでいった。もちろん、「カイカイ」の今川歌手がどうしているかを見るためだった。

なじみの古川軍医に会って、

「今川一等兵は、まだ退院できませんか?」

「ウン、まだ、ちょっとね」

これにはガッカリだった。

「早くなおしてください」

と、たのんだら、

「おい、無茶いうなよ。どの患者だって、みな、早くなおそうと努力してるんだ」

ま顔で正論を吐いてから、

「ま、せっかくの演芸分隊要員だ。せいぜい気をつけるよ」

——保留の今川をふくめて、日沼、小原、斎藤、塩島、篠原の六人が、あたらしい演芸要員として誕生した。実に、二十倍の競争率であった。

なかでも、七十二人に一人の栄冠をかちとった浪曲コースの日沼一等兵は、大変なよろこびようで、

「競争相手が七十一人もいると聞いたときには、もう、どうしようかと思って、ふるえたんです。いちばんケツに出たのも、こわかったからで……」

そう白状して、大きな目玉を輝かせていた。

かれに中隊長は、こういったのだそうである。

「お前は、わが北海道第九二部隊では、いちばんの浪曲師だ。当然、マノクワリでもいちばんにならなくてはいかん。ぜったいに合格せい」

――日沼だけではなかった。どの候補者もみんな〝隊の名誉〟を背負って、応募してきていたのだ。どこの隊でも、大した意気ごみだった。

それを知っているから、わたしたちも、できれば、みんなをパスさせてやりたかった。しかし、そういかなかったことは、いうまでもない。

沢田正二郎の前進座

選考のいきさつでもわかるとおり、わたしのねらいは――ということは、小林少佐や村田大尉がそうだったのだが、なるべくなら、この演芸分隊を、ゆくゆくは演劇分隊に育てたかった。

兵士の情操教育を目的にするからには、本式の芝居でなくては効果がない、と判断したのである。それで、ただ、その場だけゲラゲラ笑わせるような、酒の席の余興みたいなものは、いっさい採らなかった。

まもなく、わたしたちに、司令部から正式の辞令がくだった。

「マノクワリ支隊演芸分隊に転属を命ず」

〝演分〟の顔合わせがあったとき、渡辺参謀がわたしを全員にあらためて紹介した。

「この加藤軍曹は、前進座にいた本職の役者である。みなも知っていると思うが、前進座というのは、沢田正二郎の〈国定忠治〉で有名な劇団だ」

前進座と新国劇をゴッチャにしているのだった。

わたしたちのニッパ・ハウスは、「演芸訓練所」と呼ばれることになった。とくにそういう肩書はつけられなかったけれど、さしあたって、わたしは演芸訓練所長というところだった。

所員の顔ぶれは、ひとまとめにしてみると——

叶谷一等兵(27)……三味線

篠原軍曹(39)……博多仁輪加

小原上等兵(30)……舞台装置

塩島上等兵(36)……カツラ

斎藤上等兵（24）……衣裳
日沼一等兵（29）……浪曲
今川一等兵（34）……歌手
前川一等兵（23）……舞踊
加藤軍曹（33）……俳優

墓地に建てた劇場

人気はキモノに

演芸分隊の出現は、大変なニュースだった。

なにしろ、まい日まい日が、おなじことのくりかえしの生活だったのだ。なんの変化もない。気候までが、年じゅうおんなじだ。そこへ、おかしなグループが出現したから、たちまち、全将兵の人気を集めた。

そして、少しでも早く、一座の興行を見たがった。

まず、「北支」からまわってきた東兵団の鈴木大佐から申し入れがあった。

「いちばん先に、オレのところでやってくれんか?」

しかし、こっちは、まだ、ほんとの「訓練所」のつもりで、公開は先のことにしたかった。それを見てとった村田大尉が、

「もう少し、お待ちください。なんとか恰好がついたら、まず司令官にご批判をあおいで、そのつぎには、かならず、大佐どのにお見せしますから……」

ヤンワリと、しかも、筋道を立てて、ことわってくれた。

だが、引く手はあまたすぎた。

「モッタイをつけるなよ。それだけ芸人がそろってるんじゃないか。いますぐにだって、なんかできるだろう」

なかばおどし、なかば泣きつかれては、いつまでも知らん顔はできそうにない。その形勢に気をもんだのが、病院長の円尾中佐だった。

「オレとお前の仲だ。まさか、よそに先に見せるようなことはあるまいな?」

院長にしてみれば、直属の部下を四人も出しているのだから、そういいたいのも、もっともである。

わたしたちとしても、院長なら内輪みたいなものだ。いっそ、院長に〝お手見世〟をする名目で、舞台稽古まがいのことを病院でやってみよう——という話になった。

もちろん、まだ芝居はできっこない。いままでの個人プレイを、いくらか本式にやってみるだけだ。

そうきまると、前川が注文をだした。

「班長どの、キモノをつくってもらいたいんですが」

「キモノ？」

わたしはビックリした。

「だって、そうでしょう。踊りをやるに、いつまでも、この恰好じゃ、しようがないじゃないですかえ？」

いわれてみれば、そのとおりだった。開襟シャツに半ズボンの防暑服である。それも、もうだいぶボロボロになっている。

「そういったって、どうするんだい？　キモノなんて……」

「宣撫用のキレをもらってきて、小原一等兵になにか絵をかいてもらうんですよ。それを斎藤上等兵が仕立てれば、簡単じゃありませんか」

前川は、村田大尉から宣撫用に生地がたくさんきていることを聞いていて、とっくに計算ずみだったのである。わたしは小原画伯と斎藤テーラーに、前川の注文をつたえた。

時間がなかったのだが、それでもどうにか、ピンクの単衣ができあがってきた。

当日、前川はそのキモノを着て、叶谷の三味線と今川入院患者の歌を伴奏に、〈長崎物語〉を踊った。坊主頭だけは、どうにもしようがなかったので、黒い布で包んで、端をオサゲみたいに垂らした。かれは振付師で踊り手だから、どんな曲にでもフリがつけられた。

日沼が一席ウナり、叶谷が都々逸をやり、わたしが落語の〈長屋の花見〉でゴキゲンをうかがった。

結果は……ただ拍手の波だった。やせさらばえ、ヒゲぼうぼうの病兵たちが、熱狂して手をたたいてくれる姿には、こっちが泣けた。

とくに、圧倒的な絶賛を博したのは、前川の踊りだった。というよりは、衣裳のキモノだった。

「大変なものだ。ここまでやれるのなら、早く各部隊長に見せてやったら……」

院長は、入隊以来の部下の晴れ姿を、見せびらかしたくなったのかもしれない。

つきそってきていた村田大尉も同意見で、ただちに小林参謀と連絡して、公演の日取りをきめるという騒ぎ。

話は急であった。が、やるからには、ある程度のものにはしたかった。

「こんどの舞台は、わが演分の第一回目の招待日ということになる。本番のつもりで、全力をあげてがんばろう」

いろんなプランが出た。それをみんなで練った。キバツな構想が立った。

「えらいことになりましたね」

「いそがしいなあ」

コボしながらも、ピンピン張りきったのは、裏方の塩島、日沼、小原、斎藤の諸君だった。

「まあ、よろしく、たのみます」

前川はニヤニヤしていた。

オンナ登場す

さて、当日——

司令部の将校集会所には、司令官以下、各隊の部隊長連が勢ぞろいした。そこには、建築班の手で、簡単だが仮設舞台もできていた。

最初の幕があがった。とたんに、客席からホーッとタメ息がでた。

舞台には、三味線をかかえた叶谷が、暗幕でつくった黒紋付を着て、座ブトンにすわっていた。かれは、その姿で、いつもの「イッヤァーン」を熱演した。

つづいて、わたしが物語風の芝居話をやった。わたしはわざと軍服のままだった。

そのあとが、日沼の浪花節だった。紋服は叶谷と共有である。しかし、観衆をアッといわせたのは、ハカマであった。よく見れば、このハカマにはヒダがない。さすがの斎藤衣裳係も、ハカマのヒダまではつくれなかったのである。第一、かれは紳士服のテーラーだ。

「いいよ、いいよ」

苦吟するかれを、わたしが慰めた。おとなしい斎藤は、しきりに申しわけながっていた。

それをカバーしたのが小原図案氏だった。スカートをぶらさげて、はいたみたいなそのハカマを、かれは柄でゴマかした。いいかえれば、ヒダを黒ペンキで描いたのである。そんなイワクとは思えないほど、舞台の日沼は見ばえがした。つぎは、篠原さんの博多仁輪加だった。

最後の幕になった。

三味線につれて、上手《かみて》からあらわれたのは、マノクワリには、ぜったい、いないはずのオンナだった。女――それも、髪をオスベラカシにした若く美しい日本女性である。

いくらか、しどけなく着つけたキモノの肩を、ナヨナヨとふりながら、まっ白い顔に微笑を浮かべて、内輪で走りでてくる。

エンジの地に白いボタンの花びらが散っている、目もさめるような衣裳であった。髪にはカンザシが光った。

客席は息をつめた。その息をのむ気配が舞台のソデに立っているわたしにも伝わった。と、つぎの瞬間、部隊長たちはワアーッと叫んでいた。いや、ワアーッなんてものじゃない。それは、ウォーッとほえたてたような喚声だった。

前川は得意の〈そうらん節〉をスパニッシュ風に踊った。いつもなら盛大に入る「ソーラン、ソーラン、ハイハイ」という合の手が、さっぱり観衆の口から出なかった。みんなは、顔の筋肉がとけて流れてしまったように、かれの「女」に見とれていた。

白状するが、わたしだって、あきれていたのだ。

前川は、もともと小柄で、色の白いポッテリしたやさ男である。それにしても、きょうは、まったくきれいだった。一種、異様なお色気を発散して、ほんとうに妖艶であった。

――が、ここまで持ってくるのが、大変だったのだ。

衣裳は、例によって、小原と斎藤の合作である。斎藤が、貨物廠から演分に支給されたミシンで、振袖を縫い上げたのへ、小原が宣撫用のポスター・カラーで見事なボタンをかきあげた。

メーキャップは、前川が苦心サンタンして工夫した。

はじめ、かれは病院へいって、天花粉をもらってきた。白粉の代用品である。が、天花粉だけだと、すぐにハゲて、マダラになってしまう。

前川は、もう一度、病院へ走った。こんど持ってきたのは亜鉛華軟膏だった。「カイカイ」に塗るネトネトした白い薬だ。これをまず下塗りして、その上へ天花粉をくっつけた。

その呼吸がむずかしかった。亜鉛華軟膏が厚すぎると、肌がギブスみたいになる。少なすぎれば、天花粉がのらない。かれはなん回もテストをくりかえしては、どうやら処方をのみこんだ。

「いくら衛生兵でも、こんな処置をするのは、はじめてだよ」

ボヤキながら、それでも、前川はまんざらでもなさそうだった。

この壁が乾いたところで、こんどは紅である。ホオ紅、口紅、まぶた……すべてマーキュロ一点ばりだった。

「ペッペッ、赤チンが口のなかへ入りゃがった」

――しかし、なんといっても、難物はカツラであった。

なるほど、塩島はカツラ屋の息子だ。それに叶谷も、大阪に住んでいたのが、やはりカツラ屋をしている伯母さんの家だったから、見よう見まねで、手つだいぐらいならできるという。職人だけは二人もいる。

だが、問題は材料だった。土台もなければ、髪にする材料もない。かれらが、夜も寝ないでゴトゴトやる日がつづいた。

そして、やっと、カツラらしきものができあがった。

台は、乾麺麭の箱のフタの薄いブリキだった。三味線の胴にも使ったアレである。これを、前川の頭の形に合わせて、まるく曲げた。

毛はロープだ。マニラ麻のロープをほぐして、一本一本バラバラにした。それに墨汁を丹念に塗った。塗っては、天日に乾かす。カチンカチンの糸ができた。金ヅチでたたいて、やわらかくした。

その麻糸を半分にたたんで、いちいち、横糸にぶらさげていく。麻布の膜のようなものができた。ブリキの台に、いっぱい穴をならべて、その穴に糸を結びつける。ブリキから毛が出た形になる。それをとかしつけたのだった。

パサパサ、ゴワゴワした髪になったので、機械油を塗って光沢をだした。

カンザシはブリキと針金である。日沼の独壇場だった。ホンモノそっくりにできた。

小原と斎藤が帯をつくりはじめたのだが、うまくできない。わたしがヒントをだした。

「うしろで結ぶ式には、とてもできないよ。文庫前帯みたいにしたらいい。それも、結び目と、胴の部分を、べつべつにしたほうが、つくりいいぜ」

芝居で早がわりをするときに使う、つくりつけの分解帯を思い出したのである。

日沼が、針金でチョイチョイと文庫の形をつくった。斎藤がそれに布を縫いつけた。図案は小原の分担だった。

劇場を建てる

――夜、舞台から帰ってきて、みんなで、当日の〝戦果〟をよろこび合った。

「うまくいったね」

「あんなによろこんでもらえるとは、思わなかったよ」

「よかった、よかった」

そこへ、村田大尉がやってきた。残って、司令官たちと話をしていたのだ。

「おいッ、ドえらいことになったよ、劇場を建てるんだ」

「えッ、劇場？」

深堀少将はこういったのだそうだ。

「どうだろう？　これだけやれるのなら、ひとつ、演芸場をつくってみないか。常打ち小屋にして、将兵に交代で見せるようにしては……？」

部隊長たちも賛成のようだった。この日までは、

「戦時下に、貴重な兵力をさいて、演芸などとは、もってのほかだ」

と、内心では、司令官の方針に反対の隊長たちも、ないではなかったらしい。だが、そういう人たちに、きょうのお手見世は、啓蒙の役を果たしたのだろう。

「いいですなあ。ぜひ、そういう設備がほしいですよ」

「バラックではなくて、キチンとした劇場がいいじゃありませんか」

「せめて、兵隊たちに、月一回ぐらいは、こういうものを見せてやりたいもんですね」

話は、だんだん大きくなってきた。

「加藤軍曹たちともよく相談して、早急に劇場用地を選定しなさい。詳細は、小林参謀と村田大尉で相談して、打合わせるように」

司令官はそう結論をくだしたとのことである。

わたしたちは、すぐ、土地さがしにかからなくてはならなかった。しかし、密林のなかで広くて平らなところというと、そうはない。

ほうぼうを見て歩いて、わたしたちが「ここなら」と思ったのは、支隊司令部から軍用道路へぬける角にある倉庫の横だった。

いくらか傾斜はあるが、ここだけがジャングルのなかにポッカリと開けた平地なのだ。

例の宣撫用の物資が入っている倉庫は隣だし、裏がかなり深い谷間で、待避壕を掘るにも便利だ。水の便もあった。ただ、難をいえば、上空の遮蔽が少し心細い。でも、周囲が高い樹々だから、なんとかなりそうに思えた。

さっそく、村田大尉に鑑定してもらった。

「ここなんですよ」

「フーン、そう。こんなところでいいのかい？」

村田さんの返事が、どことなくおかしい。

「いけませんか？」

「いや、いいよ。きみたちさえかまわなければ、ここで結構だ」

「では、ここにします」

「いいだろう」

それで、場所もきまった。

——ずっとあとになってから、わかったのだが、その土地は墓地だったのだ。あのへのお墓は、地上になんにもおいてない。おかげで、わたしたちは気がつかなかった。村田さんは知っていたのである。でも、どうせこっちも、いつ死に直面するかわからない状況下だったから、わざと教えなかったのだろう。

司令部からは、また、さっそく命令がくだされた。

「製材班は、演芸分隊に材木を××石、交付すべし。輸送隊は、資材運搬のためトラック×台を提供のこと」

各隊から、その道の専門家が、つぎつぎと集まってきた。これも軍命令による出向である。

マノクワリは、あのへんの戦域をひかえた前線兵站基地になる予定だった。だから、肝心の戦闘員である歩兵部隊が少ないかわり、裏方みたいな部隊は、ほとんどそろっていた。

土建屋部隊、大工部隊、運送屋部隊、材木屋部隊……なんでもあった。設計は、北海道出身の西沢建技大尉があたることになった。工事の指揮は本職の大工の兵隊がとる手はずである。製材班の班長は、戦後、慶応野球部の監督になった稲葉伍長だった。

わたしたちは、イモ畑の作業と、演芸の稽古、そのうえに工事場の手つだいと、三役を相務めなくてはならなかった。

それにしても、こう大仕掛になってきたのでは、分隊員の数が足りない。なんとかして、もっとふやしたかった。わたしたちはスカウトも兼ねはじめた。

ある日、篠原曹長（進級）がいうことに、

「加藤班長、ワシ、実は漫才もやるとですけん、碇泊司令部に、相棒がいるですたい」

「ホウ、どんな人です？」

「吉田さんという見習軍医でね、博多仁輪加ばうまかです。なかなか、芝居ッ気もありますたい」

それこそ、渡りに船――と思ったから、

「きてもらいましょうよ」

ウッカリそう答えて、ハテナとつまずいた。

「見習軍医ですって？」

「そうですたい。応召ですけん」

これは困った。見習軍医といえば、軍医の見習士官で、将校に準じる。

「まさか、見習士官を漫才師として、呼ぶわけにはいかんでしょう」

「そうですね、本人はよろこぶかもしれんばってん……」

幸か、不幸か、ちょうど、そのころ、分隊にマラリアが流行しだした。この熱帯地特有の疫病は、体力が消耗すると、なん度でもかかる。栄養が足りないところへ、オーバー・ワークがつづいていたから、隊員たちみんなが、つぎつぎに倒れて、四十二度台の高熱にあえいでいる。

篠原曹長とわたしは、そこで一計を案じて、それを村田大尉に持ちかけてみた。

「いいだろう。それでやってみよう」

即日、碇泊司令部の吉田見習軍医に、軍命令がくだった。

「演芸分隊員の健康管理のため、同隊へ出張を命ず」

吉田さんは医者として、わが隊に派遣されてきた。

吉田さんと前後して、待望の今川一等兵が退院してきた。「カイカイ」はなおって、肉もいくらかついていた。元気になったのを見れば、ちょっと日本人ばなれのした顔だちの男だった。

眉と眼のあいだがせまくて、そこがキュッとくぼんでいる。外人じみた二枚目

(?)であった。

ニセ如月寛多

本職の俳優がいるぜ

タレント不足を嘆いているわたしに、耳よりな情報が伝わってきた。

「高射砲隊の上原隊に、エノケン一座の如月寛多がいるそうだ」

というウワサだった。

なんでも、部隊長たちの会同があって、雑談をしているときに、高射砲部隊の総指揮をとっているH大佐がもらしたらしかった。H大佐という人は、変わりもので通っていた。

そのころは、自分でいうのもおかしいが、演芸分隊は全部隊のマスコットになりつつあった。どの隊でも、隊員を演分に送りたがった。しかし、人材は少ない。だから、部下を転属させた隊長は、そのことがとても自慢だった。ところが、H大佐だけが演分にソッポをむいていて、麾下の高射砲隊には、いっさい交渉を持たせなかった。

H大佐は陸士で深堀少将の同期だった。しかし、「二・二六事件」に連坐したために、進級が遅れて、やっとたどりついた大佐が、もうゆきどまりなのだ——とか聞いていた。

深堀司令官とは仲が悪いので有名だった。ろくに挨拶もしないのだそうである。そんなわけで、司令官きも煎りの演芸分隊が、気に入らなかったのかもしれない。部隊長たちに披露した公演のときも、この人だけが欠席だった。

如月寛多の名前を、その席で口にしたのも、意地がカランでいたようである。ほかの隊長たちが、あまり自分のところから加入した演分員を自慢するのに、カンを立てて、

「そんなシロウト役者とは違って、高射砲の部隊には本職の俳優がいるぞ」

そう口をすべらしたらしい。

「それは、だれですか?」

聞かれた以上は、名をいわなくては、ウソになる。で、しかたなく、

「如月寛多だ」

と白状したそうだった。

「しかし、オレは演分などには出さんぞ」

H大佐は胸をそらした。

——この話が、わたしの耳に入ったのだ。あの有名な如月さんがいるのなら、願ってもない。なんとしてでも、こっちにほしい。

「なんとか、ならんでしょうか?」

わたしは村田大尉に泣きついた。

「さあねえ、あの調子じゃ、どうだろうな。でも、かけあってみるよ」

切札の〝転属命令〟

高射砲の上原隊は、はるか彼方——アンダイ岬のむこうがわにある。なん日もかかる行程だ。返事はなかなか届かなかった。そして、やっときたと思ったら、案のじょ

う、

「マノクワリに空襲がないわけでない現状は、ご承知のとおりである。当地に航空機が保有されていない現在、対空兵器は高射砲のみ。かかるとき、第一線の戦闘要員を、たかが娯楽のためにさけとは、帝国軍人のいいぶんとも思えぬ」

キッパリした拒絶であった。

わたしはガッカリした。すぐ手の届くところに立派な演技者がいるのに、仲間に入ってもらえないとは……。わたしは、もう一度、村田さんにたのみこんだ。

「どうしても、ダメなものでしょうか？　ぜったいに、きてもらいたいんです」

「そんなにほしいかい」

村田大尉は、やさしい眼で問い返した。

「ほしいです。あれだけの役者に、みすみす、イモばかりつくらせておくなんて……。宝の持ちぐされですよ」

大尉はうなずいた。

「よし、わかった。小林参謀と相談してみよう」

あくる日、わたしは吉報を聞いた。

如月寛多さんに、司令官が転属命令をだしたというニュースだった。

「陸軍兵長・青戸光は、十月×日付をもって、マノクワリ支隊司令部に転属を命ず」

ずいぶん思いきった手を使ったものである。直属部隊長の反対を押しきって、頭ごなしに命令を発してしまったのだ。

「ずいぶん強引な手をうったんだなあ」

わたしたちは感嘆しながら、その好意をありがたく思った。

数日後の朝、例によって、わたしは分隊のイモ畑に出かけていった。

その時分、わたしたちの作業は、相当な重労働になっていた。

はじめ、演芸分隊をつくることになったとき、小林参謀はいったものだ。

「経理部長の下にいれば、いろいろ便宜もあるだろうから……」

しかし、その経理部長は、自分なりの考えを持っていた。

「加藤軍曹。気の毒だが、農場だけは一人前にやってもらいたいんだよ。きみたちの演芸に人気がでればでるほど、周囲の批判はきびしくなる」

いわれる意味はよくわかった。

「経理部長のところにいるもんだから、ノラクラ遊んでいる――と思われては、せっかくの芸が、受け入れられなくなるんだ」

村田さんは読みの深い苦労人だった。

わたしたちは、午前中、畑で汗をかき、午後は普請場で馴れないノミやノコギリと格闘し、夜を演技の訓練にあてることにした。つらい日課だった。

その朝も、イモ作業に出勤してみると、農場のすみっこに、ショボンとだれかがしゃがんでいる。わたしに気づくと、急に立ちあがって敬礼した。

「オッ」

と、軽く答礼したら、いきなり大声で、

「申告しまァす」

エッとおどろいた。

申告といえば、部下が直属の上官に報告をする儀礼だ。とすれば、いま、わたしに申告している未知の兵隊は、演芸分隊への転属者である。ウチへ転属してくる人物といえば、如月寛多さんしかいない。

「青戸兵長、十月×日付をもって、当隊へ転属を命じられました」

青戸兵長――つまり、如月さんの本名というわけだ。

さあ、わたしは頭がこんがらがった。

以前、わたしは如月さんとはおなじ東宝撮影所で仕事をして、なん回かおつきあいがある。舞台や映画も拝見していた。が、目の前に立っているのは、似ても似つかぬ別人なのだった。

「ああ、そう、ご苦労さん」

さりげなく、受け答えたものの、困ってしまった。

「少し休んでいてくれ。ちょっと用事があるから……」

そういっておいてから、わたしは横にいた篠原さんに、

「ちょっと、村田大尉のところへ相談にいってきます」

あわてて、かけだした。

村田さんは宿舎にいた。

「大尉どの、如月寛多がきたんですが……」

と小声でいったつもりだったのに、ウワずっていたのか、高い声が出た。

幸い、まわりには、だれもいなかった。

「オウ、やっと着いたかい。そりゃ、よかったな」

「それが……」

わたしはシドロモドロになっていた。

「違うんです」

「なにが……?」

すぐに意味が通じなくて、村田大尉はふしぎそうな眼で見返した。

「如月さんではないんです。ニセモノです」

「たしかかい?」

「たしかです」

「ウーン」

さすがの大尉も、深刻そうに考えこんでしまった。しかし、しばらくすると、いつもの温顔をとりもどして、

「いいじゃないか」

アッサリいった。

「ハア?」

「ね、加藤軍曹。オレたちは、ここで死ぬかもしれないんだよ。もう生きて帰れない

とすれば、内地の長谷川一夫よりは、ここにいるニセモノの如月寛多のほうが、ありがた味がある――オレはそう思うがね。どうだろう？」

わたしはハッと興奮がさめた。

デコちゃんの慰問文

村田さんはシミジミとつづけた。

「きみは俳優だから、ホンモノを知っているんだが、みんなは如月寛多の素顔なんて知りはしないよ。名前だけだ。そんなら、それでいいんじゃあるまいかね。死んでいくときに、〝ああ、オレは如月寛多を見た〟と満足できたら、いい功徳になるというものだよ」

市村座で、菊・吉に血道をあげた時期もあったという村田さんは、やっぱり、芝居を見るものの心を、よくつかんでいた。役者であるわたしなんかより、はるかに上だ。いいコトバだなあ――わたしはツクヅク頭がさがった。

「よく、わかりました」

「そう。じゃ、そのまま、やらしておくんだね。みんなに教えないほうがいい」

「むろん、そうします」

ホッとして、ひきさがってきたら、青戸兵長は、まだ、さっきのところにいた。

――その夜から、ニセの如月寛多氏は、わたしたちの宿舎に入った。アンペラの上にゴロ寝の夜だった。ロウソクが一本あるだけ。そのロウソクも貴重品になっていて、ヤシの実を横に切って手製の灯心を植えたのを、唯一の明りにしている部隊が多かった。

青戸兵長は、ロウソクのまわりに、分隊員を集めた。というより、隊員たちがかれを囲んだのかもしれない。如月氏は、荷物のなかから、いろんなものをとりだした。最初にひろげたのは、寄せ書がしてある日の丸の旗である。「祝出征　如月寛多様」とあって、そのまわりに、榎本健一、原節子などと、映画スターたちの署名がならんでいた。

なん枚かのハガキも持っていた。如月寛多氏あてに、高峰秀子さんなどからきた慰問文なのだ。

純真な分隊員たちは、すっかり目を輝かして、うやうやしく拝見している。こんなえらい名優と、これからいっしょに舞台が踏めることに、大感激の面持さえ見える。

如月氏の応対が、また堂々たるものだった。

「デコちゃんという女性はね」

「いやあ、映画界なんて……」

大先生気どりなのである。

わたしは、みんなが回覧しているハガキを受けとると、指先にツバキをつけて、ソッと消印をこすってみた。線がずれた。インキでかいてあったのだ。

「エノケンて、ふだんもおもしろい人なんですか？」

だれかの素朴な質問に、おっとりと、

「そうね。わりに気むずかしいほうだよ。コメディアンには、そういうタイプが多いね」

とうとう、わたしは黙っていられなくなった。

「おい、青戸兵長、ちょっと」

わたしは、かれを宿舎の裏のジャングルのなかへ、つれていった。ここなら、なにを話しても、だれにも聞こえはしない。

「お前、如月さんのなんなんだ？」

ノッケから、きめつけると、

「エッ」

闇のなかで、ギョッとする気配がゆれた。

さっきのお芝居のつづきを、またやりだされてはかなわないから、手ッとり早くやることにした。

「オレは如月寛多さんを、よく知ってるんだよ。いったい、お前さんはなにものだい？」

急に、如月センセイの声が落ちた。

「すみません。実は、弟子なんです」

ショゲかえって、青戸はボソボソと告白をしはじめた。

「ほんとは、自分は板前でして、大都映画の炊事にいたんです」

ドロを吐きはじめるとなったら、この男はおそろしく正直だった。

炊事をやっていたものの、それだけでは、どうもおもしろくない。もともと、器用なほうで、手品などはクロウトはだしだった。それで、奇術の一座にもぐりこんだ。

「けっこう、プロで通用したんです。いまでも、相当なもんですよ」

勢いづいたようにいってから、それでも、クスンと照れた忍び笑いをもらした。こいつ、根は善人だなと思った。

あいつは本職なんだ

「そのうちに、芝居がやりたくなりました。ひとりでやる手品よりは、劇のほうがおもしろいですものね」

同感を求めるそぶりで、わたしのほうをうかがっているようすだ。

「ウン、そりゃあ、まあね」

「でしょ？　だもんで、奇術一座を飛びだして、ドサまわりの劇団に入りました」

あとは、おきまりのなりゆきで、そんな劇団を転々としたらしい。

「如月先生のところにいたことがあるのは、これはほんとなんです。そんなに長いあいだじゃありませんでしたがね。いたといっても、弟子といえるか、どうか？　ほんのしばらくでしたから……」

応召して、「満州」に送られ、孫呉に駐屯しているとき軍旗祭があって、演芸会が開かれた。

「そのとき、自分は、自作自演で、お婆さんの寸劇をやったんです。これがまた、やたらとウケましてねえ」

こいつ、この期におよんでも、まだ自慢してやがる——と、わたしはおかしくなった。しかし、舞台に立ったことのある人間にとって、ウケたときの思い出ほど、うれしいものがないことは、よくわかる。

「そうかい。それで……？」

やっつけてやるつもりだったのも忘れて、わたしは話に引きこまれはじめたようである。かれの態度には、そういう魅力があった。

——たちまち、かれの芸は部隊じゅうの絶賛を集めたとか。

「お前、シロウトじゃないな？」

「いや、いや」

「どうだ。シャバでは、名のある役者だったんだろ？」

「いや、いや」

「なんて名前だったんだ」

「いやあ、お教えするような役者じゃありませんよ」

そんな場面が、なん回もあったらしい。かれとしては、ウソをついたつもりはなかったのである。ほんとに、名のるほどの役者ではないから、答えなかったまでだった。が、それが逆効果になっていった。

「あいつ、本職なんだ。かくしているけど、相当な役者だったらしいぜ。そうでなくっちゃ、とても、あれだけはやれないものな」

その直後に、近くの町に映画がかかった。エノケンさんの主演作品だった。兵隊たちはゾロゾロ見にいった。

このシャシンに、如月寛多さんが出ていたのだ。しかも、なんたる偶然か、お婆さんの役だった。

「あのお婆さんと、軍旗祭で青戸がやったお婆さんとは、ソックリじゃないか」

「そういえば、そうだ」

「てえと、青戸は如月寛多ってことになるぜ」

「ウン、きっと、そうなんだ」

そういう雲行になったのだそうだ。

「たしかに、似ていたんですよ」

ジャングルの闇のなかで、青戸兵長はそういって、楽しげな眼をしたようだった。声がそれを物語っていた。

しかし、わたしの見たところ、青戸光は如月さんに少しも似てはいなかった。背丈だけは五尺二、三寸で、如月さんとドッコイドッコイかもしれない。が、いくらさがしても、ほかに共通点らしいものはない。

第一、青戸兵長は、チビだけれども、よくひきしまった筋肉質で、如月さんのヒョウヒョウとした風貌にはほど遠い。

しかし、駐屯地で娯楽から離れていた兵隊にとっては、久しぶりに——しかも、つい前後して見た〝男のお婆さん〟が、おなじに映ったとしても、ムリではなかったかもしれない。

「お前、もう隠してもダメだぜ。如月寛多だろう?」

「いや、いや」

否定はしなかったのだ。これで、きまってしまった。青戸上等兵は如月寛多だ——ということになった。そうして、このニューギニアに転進してきたいまでは、それは部隊員たちにとって、誇らしい事実になっていた。

「それからは、万事につけて楽でしたよ。全員がビンタを食うときでも、班長が〝青戸、お前はちょっと外へ出ていろ〟ってなもんでね」

青戸は、だんだん、自分でもそのつもりになってきたそうだ。

なにも書いてない日の丸の旗に、コッソリと、見よう見まねのサインを、墨でネツ造した。ハガキに、自分あての慰問文を偽造して、ほんとに内地からきた手紙からはぎとった切手をはりつけた。身分証明書である。

「困ったのはスタンプなんです。はいだ切手についている半カケに合わせて、あとの部分をつなぐのが、なかなかホネでしたよ」

いつか、手柄話の口調になっていた。

「そのことなら知ってるよ。さっき、ツバキでこすって、たしかめてある。ありゃ、インキじゃないか」

とバラしてやったら、

「ヘッヘッヘッ。もうネタはあがっていたんですか？　班長も人が悪いや」

サバサバと笑い立てた。もう、わたしはこの男が好きになっていた。

かれの自慢やらザンゲやらわからない告白が終るのを待って、わたしは村田大尉の意見を伝えてやった。

「そういうわけだから、ズッと如月寛多でやっていてよろしい」

「すみません」

「そのかわり、あんまり特別風を吹かすんじゃないぞ」

「よくわかりました」

――青戸は気のいい男だった。

それからの長いあいだ、どんなに、人のいやがることばかり、ひきうけてくれたことだったろう。それがまた、如月寛多の人気を高めていった。

復員するまで、この如月寛多を疑うものは、だれもいなかった。村田大尉の緘口令《かんこうれい》は、最後まで守られたのである。

本格的な稽古

鳳凰のドンチョウ

十九年十一月三日、明治節である。大阪を出航してから、ちょうど一年がすぎていた。

この日、わがマノクワリ支隊・演芸分隊の第一回正式公演が開かれた。むろん、まだ劇場はできあがっていない。会場は、例の司令部の将校集会所だった。司令部の周辺の兵隊がぞくぞくと見にきた。

そのときのプログラムには、こう書いてあった。

①歌　謡　曲　コロムビア歌手　及川一郎

これは今川一等兵である。わざわざ、「コロムビア歌手」と肩書がついていた。

②落　語　市川莚司

ハナシをやるのに、市川莚司ではおかしい。だれがつくったプログラムだったか？

③手　品　如月寛多

④物　語　市川莚司

⑤漫　才　吉田富士男

　　　　　東　　勇

分隊の健康管理のために派遣されてきたはずの吉田見習軍医が、とうとう漫才師にされて高座にあがった。

「東勇《あずまいさむ》」――これは、篠原曹長が自分でつけた芸名だ。

「〝とうゆう〟ですか？　芸者みたいだな」

とケナされて、僧正は心外そうだった。

⑥踊　　花柳五郎

これも、前川が勝手につくった名前である。

「班長どの。専門のスパニッシュ・ダンスはやらせてもらえないんだから、日舞らしい芸名をつけたいんですがね」

そういって、ひねりだしたのである。

⑦音　曲　杵屋和文次

叶谷だけが、ごくマットウだった。

――この公演では、日沼は裏方で活躍して、舞台には出なかったが、みんなに芸名があるのに刺激されて、自分でもひそかに準備していた。真野狩亭《マノクワリ》虎太郎というのである。彼の浪曲は虎造一点張りだった。

――演分の財産が、ひとつふえていた。それはドンチョウだった。むろん、小原美術部の作製である。

布は倉庫にいくらでもあった。原地人（パプア）の宣撫用に、ほかの物資といっしょに、ゴッソリ持ってきたのだった。人絹みたいなペラペラの生地ではあったけれど、柄ものもあるし、量だけは不足なかった。

斎藤上等兵がミシンで縫い合わせたのを前にして、小原はいかめしい顔をしていた。こういう仕事になれば、友禅染の意匠家だった小原の独壇場である。長いからだを前かがみに折って、布をにらみつけている。片手には苦心の原図があった。それは、見た目にも鮮やかな鳳凰の絵だった。

かれがズリ落ちそうな眼鏡を押しあげながら、苦吟しているようすなので、ほかの連中が心配しだした。

「おい、手つだおうか？」

「こんなデカいもの、ひとりじゃ大変だろう？」

小原はジロリとふりかえっただけで、答えなかった。

「絵具をとこうか？」

これにも返事をしない。ムッと怒ったような表情で、布のスペースをはかっているらしい。いま、かれがどんなに精魂をかたむけて、この創作に立ちむかっているか――が、痛いほどわかった。

「みんな、小原にまかせて、むこうで稽古をやろう」

わたしはかれをひとりにした。

「小原が〝もういい〟というまで、そばへよりつくんじゃないぜ」

――三日ぐらいかかったろうか？　できあがったドンチョウは、予想していたなん十倍も見事なものだった。わたしたちはアッと息をのんだ。

「すごいじゃないか？」

わたしがため息をついたら、

「そうですか？」

ボソリと答えて、ソッポをむいた。ボンノクボのあたりが、ゲッソリとやせたように見えた。

ただ、だれかが、まだ十分に乾ききっていない絵に、指を伸ばしたとき、小原は、めずらしく声を荒らげて、

「さわるなッ」

と鋭く怒鳴った。一点も一線もゆるがせにしていない本式の美術品であった。

——第一回の公演で、わが演分にもスターができた。いうまでもないことだが、それは立女形の前川一等兵と、三味線という郷愁をそそりたてる武器を持った叶谷だった。とくに、女装の麗人は、人気を一手に集めた。

好評に尻をたたかれて、すぐ二回目の準備にかかるように命じられた。

「こんどは、芝居をやってみたら？」

顧問格の杉山大尉が忠告してくれた。

「そう思っているんですがね。まだ、そこまではやれないんじゃないでしょうか」

わたしには自信がなかった。

「少し鍛えようか。きみとぼくで仕こんでいこう」

「やってくださいますか」

杉山さんは自動車廠の中隊長で、たくさんの部下をかかえている。

「やるともさ」

ニッコリ笑うと、少し声をひそめて、

「きらいな道じゃあるまいし……」

ポンと肩をたたいてくれた。


キビシイ〝日常訓練〟

わたしたちは分隊員に芝居のＡＢＣを教えはじめた。いくらか気《け》があるのは、三味線弾きになる前、新派の子役をやっていた叶谷一等兵と如月寛多兵長の二人だけであった。

稽古は、軍隊流に〝日常訓練〟と呼ばれた。教えるほうも、教えられるほうも、なかなか大変だった。しかし、みんな真剣にやってくれた。ただの余興でない使命を、隊員たちはよくのみこんでいた。

「なんだ！　なん回やったらできるんだ、お前たちは……」

軍務のあい間にときどきあらわれる杉山顧問に一喝されながら、いい年をした一家のアルジたちは、ハイ、ハイと素直にうなずいては、ジェスチャーや発声の初歩を、いくらでもくりかえした。わたしも、あきらめたり投げだしたりしないで、なん度でもダメを出した。

やがて座員の拡充をするために、第二次募集をすることになった。

患者輸送隊から、門馬一等兵がきた。

「班長どの、覚えてますか？」

「覚えてるよ」

ムーラン・ルージュの脚本家だった男だ。前に病院で会って、名のられたことがあった。

「いよいよ、芝居をやるって聞いたものですからね。ホン書きがいるでしょう？」

相変わらず、この都会的な青年はニタニタしている。

「もちろんだ。無条件で採用するよ」

あたりまえだ——という顔でうなずいて、

「もう一人、ホン屋がいるんですがね」

「だれだい？」

「高射砲の高倉隊にいる中山という上等兵です。関西に辻野良一劇団という剣戟一座がありますね。そこの座付作者です」

「それは、ぜひほしいね」

すぐ呼びにやらせた。すると、

「いま、寝ているそうです」

「重態か？」

「多分、ダメだろうってことです」

そういう人材を、みすみす死なせてしまっては困る。

「すぐ、入院させてくれ」

と、たのみこんだ。

二次募集に応募してきたなかに、高射砲隊・中島隊の蔦浜助夫一等兵というのがいた。顔を見たとたんに、舞台ばえのするマスクだとわかった。色こそは日焼けして黒いが、目鼻だちのクッキリしたやさ男である。背もスラッとしていて、典型的な二枚目だ。


「シャバでは、なにをしていた？」

「節劇《ふしげき》の役者です」

ナルホドとおもった。

節劇とは、浪花節に合わせて所作をする芝居である。地方には、そういう劇団があって、中年以上のファンが多い。

「見せてくれるかい？」

「ハイッ」

まだ、二十歳すぎのピチピチした兵隊だった。張りきって、試演にかかった。自分で浪花節をウナリながらの熱演である。

〽なにがなにして、なんとやら……

その節に合わせて、「なにが」「なにして」「なんと」「やら」とアクセントがくるたびに、両の手の平を外へむけて、空中をさするような格好をする。

これを〝壁塗り〟という。

〽思いおこせば、三年前……

こんどは、片方の手の平をさしだして、もういっぽうの手で、チョンチョンと切るみたいにたたく。

〝豆腐切り〟である。

この二つが、節劇の基本になっている。心を表現するのではなくて、浪花節のテンポに合わせて、文句どおりの型をするのだ。

〽持った盃、バッタと落とし、膝をたたいてニッコリ笑い……

そうウナるときは、そのとおりに、盃を落とす手つきをしてから、ほんとうに膝をポンとたたいて、正面にニッコリ笑い顔を見せる。

――なるほど、うまい。うまいのだけれど、それは完全な節劇で、私の考えている芝居とは別のものなのである。

これには参った。

「ほかに、なにか？」

そう尋ねたら、待ってました——とばかりに、

「足をふところに入れて、花道を片足で飛ぶのが得意です」

フーンと、わたしは考えこんでしまった。

その動作は、わたしも聞いたことがある。たとえば、浪花節が、

〽あいつを追っかけろ
〽オゥ、そうだッ
とくる。そんなとき、いきなり右脚を持ちあげて、ふところに入れるのである。そして、左脚だけで、パッパッと飛ぶ。その跳躍が観客に爽快感を与えるのだ。

「あの役者は、花道を四足で飛んだ」

「いや、ダレソレは三足半だったよ」

そんな具合で、この技も節劇役者の人気の要素になるらしい。

「やってみましょうか？」

「いや、いいよ。疲れるといかん」

いい柄をしているし、性格もよさそうだ。できればほしい。しかし、こう完成された節劇の役者では、とても、ふつうの芝居には通用しない。

帰れません！

気の毒だと思ったが、勇を鼓して、

「帰ってもいいよ」

と宣告した。とたんに、この気のよさそうな若者は、まっ青になった。

「班長どの。帰さないでください。おねがいであります」

それは、だれだっておなじなのだ。

「部隊長どのはじめ全将校に、壮行会をやっていただいて、出てきたのであります。〝隊の名誉〟だといって、会食までしていただきました」

必死の眼色になっていた。

「帰れません。どうしても帰れ——とおっしゃるのなら、蔦浜はジャングルの奥へ入ります」

本気で叫んでいることが、よくわかった。わたしが採用しなかったために、自殺されたのではたまらない。わたしは熱意に気圧された。

「いま、われわれは、個人の特技を見せるだけでなしに、もっと本式の芝居をやるように努力しているところなんだ。もし、きみに入ってもらうとすれば、すっかり芝居をなおして、はじめからやりなおさせることになるんだが……」

「それでけっこうです。やらしてください」

真剣なのだ。

「しかしね、きみは節劇では相当やっていた人に違いない。シロウトから出なおせるかな」

「なおしてください。なんでも、いうことを聞きます」

「そんなら、やってもらおう」

蔦浜一等兵こと市川鯉之助は、ついに演分に転属することになった。

――午前中は農耕、午後は劇場の建設工事、そして、夜がつぎの演目の準備と〝日常訓練〟……いそがしい日程であった。おまけに、お座敷まわりまで勤めなくてはならなかった。

つまり公演以外にも、「来てくれ、来てくれ」という注文が、あちこちの部隊から、ひっきりなしにあった。

疲れていても、そうそうムゲにことわるわけにはいかない。というよりも、実は、これにはいささか反対給付があった。わたしたちは、それに釣られて、はるばると出かけていった節もある。ひもじい分隊の台所を、少しでも豊かにするための一種のアルバイトだった。

ひとつのグループは、叶谷、前川とわたしである。もうひとつが、篠原、今川、日沼の組だ。

加藤組では、大スターの前川嬢が真打だった。かれが叶谷の伴奏で踊る。叶谷の都々逸や音曲も人気があった。わたしがなにかやらされることもある。しかし、たいてい、わたしは箱丁《はこや》格だった。ヒョロヒョロやせた兵隊ぞろいの演分では、わたしなぞは、いちばんふとっている健康体だ。叶谷の三味線と、前川の衣裳やカツラをかついで、わたしは供奴みたいなものだった。夜のジャングルを踏み分けては、あっちこっちの部隊をまわった。

ご祝儀は、たいていイモだった。タピオカのマンジュウや、ときにはバナナをもらうこともある。鳥のササ身に似た味のトカゲの肉や海ガメの卵などは上等なほうであった。野生のイノシシの肉となれば、これはもう大変な超過支払いといえた。

やせっこけている今川は、よく、

「声楽家は、動物性タンパクをとっていないと、ノドが悪くなりますんでね」

なぞと、いいわけしながら、野ネズミを追っかけたりしていた。その今川が、カエル料理を考案したことがある。

カエルをオノの背中でたたいて、それをタピオカの澱粉で固めた代物だった。これには、ほとんどが手を出さなかった。「しからば」と篠原曹長が十九、日沼が十二と、二人で平らげてしまった。

気味悪がるみんなを前に、

「ハンバーグみたいな味がしよるたい」

篠原さんは舌つづみを打っていた。

——篠原組では、親方が博多仁輪加、今川は歌謡曲、そして、真野狩亭虎太郎が一席ウナった。

いつか、この三人がおかしな顔をして帰ってきた。イモらしい包を持っている。

「ご祝儀はイモかい？」

炊事当番が待ちかまえてきくと、日沼が、

「ご祝儀じゃないよ。不祝儀なんだ」

「不祝儀？　不祝儀ってなんだ」

日沼は篠原曹長をチラッと見あげて、

「これ、お布施なんだよ」

その夜、篠原組を招いていた部隊で、昼のうちに病死者がでた。演芸はとりやめて、お通夜をすることになった。そこへ、そうとは知らない三人が着いた。事情を聞いて、篠原曹長が身分をあかした。

「これも、なにかのご縁でしょうばい。愚僧がお経をあげて進ぜますと」

本業にかえった曹長は、仁輪加のかわりに読経をやったというのである。イモは、ほんとうのお布施だったのだ。

「仁輪加より上手でした」

今川が真顔でポツリといった。篠原さんがお経をあげているうしろで、きっと、今川と日沼も神妙に仏を拝んできたに違いなかった。

別れの「そうらん節」

女形の奪い合い

マノクワリ唯一の女性——前川上等兵（進級）の人気が高くなりすぎてきた。

「前川をよこしてくれ」

「前川の予定は、まだつまっているのか？」

お名ざしの座敷が、やたらと多くなった。

「申しこみ順ですから、もう少しお待ちください」

ことわると、部隊同士でもめた。これには、当の前川もわたしも困った。

しかし、カツラをかぶり、キモノをまとった前川は、日本の象徴だった。色恋ではないのだ。女装をした前川には、内地があった。だから、とり合いは必死だった。

そのうち、この話が村田大尉の耳に入った。

「お座敷まわりとやらを、やっているそうじゃないか?」

「ハイ」

「感心しないね」

仕方なく、わたしは白状した。

「どうしても、分隊員の食糧が足りないものですから、つい誘いにのって……」

演分を甘やかさない方針の村田さんだったが、このときは、さすがに事情を察してくれた。

「では、少しばかり、食糧を集めてあげよう。そのかわり、前川に女装をさせるのはやめてくれ」

珍しく、わたしは村田大尉にタテついた。

「せっかく好評なんですから、やめさせることはないと思います。みんながよろこんでくれているのですから……。前川だって、すき好んでやっているわけではありませんよ」

実際、かれはかれなりに、一生懸命だった。

「しかしね、加藤軍曹。あっちの部隊へはいったのに、こっちにはいかない——ということになっては、やっぱりまずいよ。よし、なんとか考えよう」

数日後、前川上等兵に転属の辞令がでた。

「支隊司令官付とする」

つまり、かれは深堀少将の当番兵という形になった。それなら、あちこちの部隊が、勝手に前川を呼びよせるわけにはいかなくなる。

前川は、いくらか迷惑そうな顔で、司令部へ移っていった。カツラや衣裳も、かれと同行した。

もちろん、前川が演芸分隊と縁が切れたのではない。ただ、村田さんの配慮で、せっかくの人気ものが、紛争のもとになるのを防いだだけだった。

ところが、まもなく、この処置が大変なことをひきおこす結果になる。

はじめての芝居

劇場は、まだまだ、できなかった。なにしろ、ニッパ・ハウスとは違って、本式の建物である。しかも、定期的にある空襲の合間を縫っての仕事である上に、ジャングルにかこまれていることは、少し暗くなると、もう作業ができない。それでも工事は、専門家の兵隊たちや、交代で各部隊から派遣される作業員の手で、徐々に進んではいた。そのツチ音とともに、十九年は暮れて、ニューギニアでの三年目がきた。

二月そうそう、演分は、だしものを変えて、第二回目の公演を開いた。例によって、歌謡曲と踊りもあったけれど、門馬上等兵が書いたマゲ物喜劇〈うかれ捕物帳〉で、はじめて芝居らしいものの試演をやってみた。

配役は――

目明かし莚司……市川　莚司（加藤）
乾分・八公……杵屋和文次（叶谷）
松平伊豆守……吉田富士夫
家老……東　勇（篠原）
寛　左門……如月　寛多（青戸）
浪次（芸者）……花柳　五郎（前川）
藪医者……市川鯉之助（蔦浜）

群衆A……………及川　一郎（今川）
〃　B……………塩島　茂
浪曲口演……………真野狩亭虎太郎（日沼）

×　　×

――吉田見習軍医は、とうとうチョンマゲを頭にのせて、役者気分を満喫した。しかし、吉田さんには、これが最初で最後の舞台になった。ちょうど、原隊に患者が続発したおかげで、この気のよい軍医さんは演分勤務を解かれて、碇泊司令部にもどってしまった。市川鯉之助も節劇でない芝居の初舞台を踏んだ。

鯉之助は約束どおり、ほんとに稽古熱心だった。

杉山大尉は、岩波文庫の「役者論語」を内地から携行していたので、それをテキストにして、よく芝居入門を講義してくれた。だれもが真剣だったが、なかでも勉強家は鯉之助だった。

「芝居はからだでするものではない。心で演ずるものだ」

などという項目には、しきりとうなずいていた。

授業がすんでから、杉山さんに質問するのもかれだったし、テキストの借覧を申しこんだのも蔦浜だった。

はじめは、なかなかおらなかった〝壁塗り〟や〝豆腐切り〟の癖も、おいおいに消えて、予想外の進歩であった。やはり、役者根性の持ち主だ。

このコメディーでは、カツラ師のはずの塩島が、カツラをかぶって端役に出た。

「どうしても、人数が足りないんだよ。出てくれないか」

はじめ、たのんだとき、「トッツァン」というアダ名を頂戴しているこの中年の江戸ッ子は、

「冗談いっちゃいけません。舞台へ出るなんざ、ふるふる、おことわりです」

と頑強だった。

しかし、もともと、イモショウチュウなどが少し入ると、すぐに、ワッショイ、ワッショイと、おミコシをかつぎたがるような下町ッ子である。

「きみにやってもらわなくっちゃ、幕があかないよ」

と、泣きついたら、

「そうまでいわれたんじゃ、もうことわれません。よし、死にもの狂いでやりますよ」

ついに、頭をタテにふってくれた。が、やりはじめたら、人一倍、熱心だった。塩島と反対なのが小原である。いくらたのんでも、出演を承知してくれない。

あまりシツコく口説くと、

「そんなつもりで演分へきたんやない。芝居やらされるくらいなら、きょうかぎり、部屋へ帰らしてもらいますわ」

トットと荷物を片づけにかかるのである。美術部に辞職されては、芝居ができなくなるので、わたしは断念した。よい意味の職人気質だった。根ッから絵が好きで、絵具をいじりたいばっかりに、演分へきたに違いなかった。それだけに、仕事にはすごくコリ性で、気がすむまで取ッ組んでいた。

あとになると、裏方たちも、みんな舞台へ出たがった。それでも、小原だけは、ガンコに楽屋裏から動こうとはしなかった。演分で、最後まで一度も舞台に立ったことがないのは、かれだけである。

〈うかれ捕物帳〉を持って、各部隊をまわっているころ、ありがたいプレゼントが、わたしの手に転がりこんできた。

どこかの隊に、春陽堂の長谷川伸戯曲集を持っている人がいて、人づてに寄付してくれたのである。これはすばらしい〝資材〟だった。わたしは飛びついた。

さっそく、杉山顧問に、

「三回目は、多分、劇場のコケラおとしになると思うんですがね。いっそのこと、〈瞼の母〉をやってみたらどうでしょう? 戦地にいて、いちばん考えるのは、国のお袋のことですものね」

それはわたしの実感でもあった。その上、長谷川先生のものは、前進座でいろいろ手がけていたから、みんなを引っぱっていける自信があった。

「どうかなあ。〝母もの〟では、みんなに刺激が強すぎやしないかしら?」

しばらく、杉山さんは考えていたが、

「いや、そうじゃないな。母ものだから、いいんだよ。きっと、見たら、やさしい気持になってくれるだろう。よし、それでいこうや」

と賛成してくれた。

さっそく、本を司令部にまわして、ガリ版で刷ってもらった。そして本格的な猛練習に入った。

転勤すれば生きられる

そのうち、突如として、深堀少将に無電で転属命令が届いた。勿論、とうのむかしに、軍用無電以外の通信は杜絶していた。

あとで知ったのだが、深堀中将（転属と同時に進級）は阿南大将の腹心だったそうである。で、阿南大将が陸軍大臣に親補された機会に、内地へ召還されて、仙台の管区司令官に栄転したという話だ。しかし、そのときは、中将のいく先は秘密にされていた。

司令官転勤のウワサを聞いた直後、わたしは小林参謀から呼び出しを受けた。

「実は、閣下が、〝加藤と前川を自分の転勤先へつれていきたい〟といっておられるんだ」

わたしが司令官付の衛生下士官、前川は当番兵としてとのことだ。

「閣下のご希望なのだから、われわれとしては、いうことはない。で、村田大尉とも相談して、お前たちの判断にまかせることにした」

一応、正式に下問してから、

「いっしょに転進したほうが、生きられる可能性は多いかもしれないね」

同行する小林少佐にはわかっていたはずなのだが、中将の転勤先については、なにもいわなかった。だから、内地だなどとは、思いもよらない。

「しかし、加藤軍曹がいなくなれば、演芸分隊は事実上、やっていけなくなるな」

いわれなくても、とっさに頭に浮かんでいたのが、そのことだった。

「即答しなくてもいい。あすまで考えてよろしい」

小林少佐は、静かな口調で考え深そうにいった。

帰りに、劇場の横を通りかかった。建物は、もうほとんど完成しかかっていた。破風づくりの屋根の下には、コリ屋の指物師が彫った壁彫が、もうとりつけてあった。

わたしは、劇場のまわりを歩きながら、いろいろのことを思った。思うことが多すぎて、結論は出なかった。

生きるためには、ここから去ったほうがよさそうである。

しかし、わたしを座長格として、なんでもいうことを聞いてくれる分隊員たちや、演分を唯一の楽しみにしている各部隊の人たちのことを思えば、うしろ髪を引かれる。

考えをどうどうめぐりさせながら、わたしは劇場のなかに入っていった。もう作業時間は終って、そのへんには、だれもいなかった。

わたしは、なんとなく花道を歩いていた。ハッと気がついたとき、わたしは七三のあたりに立っていた。とたんに、応召した日の最後の舞台が、ありありと、そこにあった。

〈新門辰五郎〉で子分の彦造に扮したわたしは、火事装束に身をかためて、マトイをふりながら、花道を走っていた。

七三にきかかったところで、マトイをトーンとついた。と、チョーンとさえた〝キ〟の響。翫右衛門さんの辰五郎が、威勢よく「イヤーッ」と叫んだ。みんなも、いっせいに「イヤーッ」と答えて、木ヤリがわきおこる。

そのなかを、マトイをかついだわたしはタッタッタとひっこんでいった。

あのとき、七三でトーンとついたとき、もう「板」の上で芝居をするのも、これでおしまいだ――という惜別の想いが、わたしのノドから吹きこぼれようとした。

その想いが、いま、まざまざとよみがえっていた。

少なくとも、ここには「板」がある！

とっさに、気持はきまっていた。

よし、芝居をやろう。どうしても花道までつくってくれ――と、設計者に申し入れたのは、このわたしだったではないか。

とってかえして、村田大尉にまず報告した。

「わたしは残ることにしました」

村田さんは、やさしい眼をクシャクシャとまばたきさせて、

「よかった。ありがとう。きみのことだから、残ってくれるとは思っていたんだが……。残れ――とたのめるものではなし、祈っていたのだよ」

そんなにまで、わたしのことを……もともと泣き虫のわたしには、もう村田さんの顔が見えなくなっていた。小林少佐に申告しにいくと、ただ「ン」とだけうなずいて、ニッコリ笑った。

引退興行

幕僚以外では、前川上等兵だけが深堀中将につきしたがうことになった。わたしの場合とは違って、辞令までもらった正式の当番兵だったから、それがあたりまえのなりゆきだった。

しかし、全将兵に与えたショックは絶大であった。あこがれの的が、去ってしまうのである。その話で持ちきりだった。司令部をうらむ声さえ出た。

出発を前に、深堀中将から依頼があった。

「立つ前に、もうできているぶんだけでいいから、きみたちの〈瞼の母〉を見せてもらえないだろうか?」

わたしたちは快諾した。中将と小林参謀こそは、演芸分隊の生みの親だった。コケラおとしは、天長節の四月二十九日と予定されていた。そのときは、まだ十日になっていなかった。あわてて、〈水熊の奥の間〉と〈大詰〉の二場を仕上げた。

前川の引退興行でもあった。かれは忠太郎の妹に扮し、また別に、ソロを踊った。最後の晴れ姿は、塩島と叶谷が心血を注いだ高島田に、小原と斎藤の苦心の作であるあでやかな振袖だった。

終ると、深堀中将は立ちあがって、

「大変けっこうだった。本来なら、もっと見たい。しかし、満つれば欠くる世のならいであるから、かえって、このほうが演芸分隊の前途のためによいのかもしれない」

――あくる日の夜、中将のほか、小林参謀ら数人の幕僚たちと前川は、大発でマノクワリを去っていった。

海岸ぞいに進んで、昼はジャングルのなかにひそみ、夜だけ舟を走らせながら、飛行機のあるところまで、なん日もかかってたどりつく行程であった。

いよいよ一行と別れる夜、送っていった大発の兵隊たちが、

「これで、われわれの偶像だった前川さんとも……」

と声をつまらせたら、深堀中将は、

「前川、踊れ」

そう命じた。

一同が、月光のさしこむジャングルのなかに、手製のヤシ油ランプをともして、まるく坐ると、軍服をぬいで布を巻きつけた前川は、ゆかりの「そうらん節」を、みんなの声に合わせて、踊ったということである。

それはともかく、たった一人の立女形に去られる演芸分隊は、さっそく窮地に陥ってしまった。女形なしでは、芝居ができない。わたしは、分隊員のうちで使えそうな顔を物色したあげく、三味線の叶谷と、テーラーの斎藤に白羽の矢を立てて、女形にしこむことにした。

やがて、第六中隊の長束丈助上等兵も、女形要員として加盟してきた。

そのころ、イモばかり食っていたのでは、抵抗力がなくなるということがわかってきて、各隊では、トウモロコシをつくりはじめていた。たいていは、あまり成績がよくなかったけれど、うまく実らせる隊もないではない。すると、その隊では収穫祭をやった。演芸分隊は招待をうけるのである。ご馳走になるかわり、アトラクションを提供するわけだ。

第六中隊は、うまく実らせた口だった。中隊員は盆踊りみたいなことをやった。そのなかに、なかなかの美形がいた。手ぬぐいをアネさんかぶりにして、将校から借りた浴衣で女装しているのだが、スンナリとしたからだで、面立もやさしい。

わたしが目をつけたのを、中隊長が見てとって、

「アレ、演分で使えないかい?」

「いいですね。くださいますか?」

「ああ、いいとも」

中隊長はご満悦だった。自分の隊のものが演分にいれば、見にいっても、なんとなく肩身が広いらしい。

そこで、さっそく頂戴したのが長束である。この男は、ありがたいことに本職が床屋さんで、のちに中年の女形を、よくコナすようになった。慈愛にあふれたオッカさんタイプだったし、やたらと世話好きなので、〝ニューギニアのナイチンゲール〟というアダ名がついた。本人も、それがまんざらではなさそうだった。

しかし、それでもまだ女形は足りない。いろいろ心あたりをさがしているうち、あとで叶谷と全マノクワリの人気を二分した若女形の斎木邦男軍属をスカウトした。

斎木女形を発掘したのは、貨物廠へ出張公演にいったときだった。部隊へ出張した場合、わたしたちは、懇親の意味で、こっちの衣裳やカツラを提供し、メーキャップも手つだって、そこの兵隊たちにも一幕ぐらい競演してもらうことにしていた。

貨物廠の連中は、そのとき、寸劇をだした。たしか、いくら望んでも子供のできない若奥さんが、村の地蔵さんの腹をなぜにいく——というようなストーリーだった。その若奥さんが、なかなか可愛いのである。うんと若い兵隊らしくてみずみずしいし、からだつきがシナヤカで柔い。

そこの宗《そう》隊長に、

「あれ、いただけませんか？」

ミシンをまわしてくれたのも、前から演分に好意的だった。

と交渉した。

「いいですよ。どうぞ」

二つ返事だ。この人は、前から演分に好意的だった。ミシンをまわしてくれたのも、宗さんなのである。

よろこび勇んで会いにいった。と、本人は気分をこわしたようすで、

「見せていただいた演芸は、大変けっこうでした。しかし、わたしがここにきているのは、農業の技手として、お国につくすためです。その職務のために、尉官待遇をいただいています」

まだ、二十歳をすぎたばっかりの若者なのである。「尉官待遇」というところに、やたらと力を入れた。

「それなのに、農耕の指導もしないで、役者のまねなんかしては、お国に対して申しわけありません。きょうは、隊の余興だから出たまでで、専門にやるつもりなんかありません」

なにしろ若いから、クソまじめだ。

しかたがないので、その場はあきらめたことにして、あとで、また村田大尉にいい

つけた。

「よし、よし。じゃ、例によって、奥の手を使うかな」

村田さんは微苦笑していた。

はたして、尉官待遇の斎木技手には、まもなく辞令がくだった。

「演芸分隊の農耕指導員として出張を命ず」

しぶしぶ、やってきた斎木が、

「わたしにも、やらせてもらえませんか」

と、いいだすまでに、一カ月とはかからなかった。

マノクワリ歌舞伎座

電気はまぶしいや

客席が落ちつくと、〝キ〟がチョーンと鳴った。ざわめいていた客席が、シーンと静まった。その瞬間、場内がパッと明るくなった。とたんに、ホーッと吐きだされたため息がどよめきとなった。

二十年の四月二十九日――

天長の佳節を期して、「マノクワリ歌舞伎座」が開場した。「マノクワリ歌舞伎座」、ごたいそうな名をつけたものである。が、みんなの望む名前がこれであった。

――劇場は電化されていたのだ。ジャングルのなかで、司令部とここばかりは電気がついた。

昼間である。電球の燭光も、そう大きくはなかったはずだ。それでも、長いあいだ、ロウソクやヤシのランプしか見たことのない兵隊たちに、それは目もくらむほどの明るさであったろう。

「すげえなあ」

「まぶしいや」

「電気って、こんなに明るいものだったかなあ」

「これだけでも、見にきた甲斐があるよ」

そんな賛嘆の声が、ひとしきり、開幕を遅らせた。

全マノクワリに二台しかない発電機の一台が、深堀中将のいいおきで、自動車廠から「マノクワリ歌舞伎座」に寄贈されたのだった。

そのモーターを、今川上等兵の原隊である植田部隊の車輌隊が運んできて、すえつけた。配線もかれらがやってくれた。電球も司令部から差し入れられた。

——電気の明るさに、すっかり興奮している客席を、つづいて、青天のヘキレキが襲った。

「みなさん、本日は、遠いところを、わざわざお運びくださいまして……」

電流を伝わった声であった。あの独得のふくらみを持ったマイクの音である。また、観衆はドッとわいた。ずっと、広い空間のなかで交わされる肉声しか、聞いたことのない耳には、鼻の奥をくすぐるような響きだった。

このマイクは、高射砲隊が撃墜した敵機のなかにあったのだそうだ。それをとっておいたのが、寄贈されてきたのである。

客席には、三百人近い将兵が、ギッシリとつまっていた。ドサまわりの小屋がけなんかを想像してもらっては困る。舞台は、間口四間の奥行三間、タッパも高かった。斜めだが、花道もリッパについていた。

客は、地面から階段を昇って、なかへ入るようになっている。床は板ばりで、見やすいように傾斜がつけてあった。イス席とサジキが半々である。定員は二百人だが、立見のスペースが百人ぶんぐらいあった。

緞帳も鳳凰の図柄のもののほかに、緑・茶・黒の定式幕もそろっていた。入口の横には、ノボリもなん本か立ててた。もっとも、これは空襲の目標になるというので、すぐに取り払われた。

「及川一郎とマノクワリ楽団」の〝歌と軽音楽〟からはじまった。コロムビア歌手は、久しぶりでライトを浴びた。

本職の電気屋さんの手で、ボーダーもフット・ライトも本式にできていた。スポットもあった。ただし、これは小型照空灯である。もらってきたものの、明るすぎて弱っていたら、電気屋が、

「明るくしろといわれたら困るけれど、暗くするんなら簡単でさ」

そういって、抵抗をどうとかして、適当になおしてくれた特大品だ。テストのときには、まだ手まわし式だったのだが、あんまり重労働なので、二百ボルトだかの電圧式にきりかえてくれてあった。

——及川上等兵は〝動物性タンパク質〟で、蓄えた精力（？）を、惜しみなく消費して、歌いまくった。

「誰か故郷を思わざる」

「蘇州夜曲」

「別れのブルース」

「古き花園」

「民謡組曲」

「軍国子守唱」

……などだった。

「マノクワリ楽団」――楽団もあったのだ。楽器もそろっていた。

ピアノは、海軍がオランダ人の空家から拝借してきてあったのを、交渉してもらい受けた。このピアノの鍵盤から、どんなにたくさんのジャングル流行歌が、及川の手で作曲されたことだったろう。

ピアニストは本職だった。音楽学校を出た調律師で、ピアノ店をやっていた原曹長が伴奏した。原さんは、兵站病院の内科で事務長みたいな役をしていた。原、及川の二人は、手製で木琴をこしらえていた。調律師がついているから、たしかなものである。これは及川自身がたたく。かれはシノ笛もつくっていて、吹くこともあった。万能選手だった。

斎木の原隊である貨物廠の宗隊長が、秘蔵の尺八を寄付してくれた。奏者は篠原和尚である。

ドラムもあった。トランペットもある。ギターも手に入った。ずっと前にいた軍楽隊が、死の転進に出るとき埋めていったのを、掘り出したのだ。佐々木一郎さんという軍曹は、内地から大事に持ってきた愛用のバイオリンを、自分ごと提供してくれた。つまり、自身もバイオリニストとして、演芸分隊の客員になった。この人はいろいろな楽譜も持っていた。ありがたい持参金だった。

苦労した「瞼の母」

杵屋和文次の音曲、真野狩亭虎太郎の浪曲……そして、いよいよ、〈瞼の母〉になった。

配役は——

番場の忠太郎……………市川　莚司
水熊女将・お浜…………東　　勇
娘・おとせ………………杵屋和文次
料理人・善三郎…………如月　寛多
博徒・金町半次…………市川鯉之助
半次の母…………………塩島　茂

半次の妹…………斎藤弥太郎
博徒・宮の七五郎……日沼長四郎
〃　突藤の喜八……及川　一郎
浪人・鳥羽田要助……市川鯉之助

――この配役には苦労した。

まだ斎木技手も長束も加盟していなかったころだ。女の役が四つもあるのに、女形は叶谷に斎藤しかいない。娘役をこの二人にふれば、フケの役はやる俳優がいないということになる。

はじめ、わたしは、鯉之助にお浜をやらせようと思った。二枚目ではあるし、芝居のうえで柱になるこの役は、やっぱり舞台経験のある奴でないとこなせないと読んだからである。

テストしてみると、これは大ミス・キャストだった。この大型の二枚目は、どうしても女の役になりきれないのだ。ムリに手とり足とりして教えていたら、せっかくなおってきた節劇のクセが、またぶりかえしそうな兆候さえ見えた。ついに、サジを投げるしかない。

「ああ、前川がいればなあ」

と頭をかかえこんだとき、

「わたしでよかとでしたら」

敢然と買ってでたのが、たれあろう、自称〝叡山の悪僧〟こと篠原曹長であった。

実のところ、わたしはおどろいた。ハッキリいえば、ありがた迷惑な気がした。背丈は五尺七寸あまりで、肩はガッチリとひろく、厚い腹板がリュウリュウともりあがっている。

太くズッシリした首の上に、金ヅチでたたいても割れそうにない頭蓋骨が、デンとすわっている。強そうなアゴ。厚くてギュッと結ばれた口。鋭い眼光。顔じゅうに密生している黒々としたヒゲ……。

四十歳の男ざかり──男のなかの男が篠原曹長なのである。

この人一流の犠牲的精神と俠気から申し出てくれていることが、痛いほどによくわかるだけに、ことわる気になれなかった。

テストをした。ところが、意外や意外、こなすのである。しかし、それはこの人の熱意のせいであった。ファイトが、和尚を女にしていた。一同は大よろこびだった。

▲右から２人目が著者

わたしは目がしらが熱くなった。照れかくしに、

「篠原さん、だいぶ、女では苦労されたようですね」と、下手な駄ジャレをいったら、

「買いかぶってもらえて、光栄のいたりですたい」

カラカラと笑った。

稽古が進むにつれて、篠原曹長はグングン腕をあげた。しだいに、役にそなわる貫禄のようなものさえ、身についてきた。みんなにはオドロキであった。

カツラ師から役者兼業になった塩島上等兵が、二回目の役でもう老けの女形に転出したのも、すさまじい進境であった。

——幕があいた。序幕は「半次宅の場」である。定式幕があがりきったとたんに、また客席は息をつめた。

そこには、なつかしい内地があった。

まず、観客の眼に飛びこんだのは、障子の白さのはずだった。マノクワリの生活には、考えてみれば、純白という色はなかった。ところが、いま、ここには、古びた日本の民家があって、ほんものの障子がはまっていた。

カヤぶきの屋根は西日を受けていた。その西日は、庭先で実っている柿の朱色にも

輝いている。

柿の木のかなたは、なだらかな山波だった。日本の秋であった。ツヤヤカに光る柿の実に、観客の眼は釘づけになっていた。

ニューギニアに、柿はない。ゆるやかに起伏する山もない。ジャングルの巨木と、ギザギザの山だけである。

客席は、死んだように静かだった。みんな上体をのりだし、眼を見開いて、舞台装置に食い入っていた。

もちろん、小原の作品であった。かれは、ほとんどを黙々とひとりでつくりあげ、ひとりで組立てた。

舞台には長火鉢さえあった。これだけは、演芸分隊の手に負えないので、司令部にたのんで、求人募集をしてもらった産物である。たまたま、本職の指物師が応募してきた。こっちもありがたかったが、その兵隊も、

「いやあ、こんなところで、長火鉢をつくらせてもらえるとはねえ」

と、ホクホクしていた。

やりだしたのを見ると、説明しておいたつもりなのに、小道具になっていないのだ。

いや、不足なのではない。装置に使うのが、もったいないほど、それは本格的な長火鉢である。

「そんなに丹念にしてもらわなくても、いいんだよ。どうせよくは見えやしないんだから……」

気の毒になって、注意したら、

「それはそうでしょう。でも、まあ、そういわずに、やらしておくんなさい。これをやってるあいだだけは、戦争を忘れられるんでさ」

できあがったとき、分隊員たちは期せずして長火鉢を囲んで、アグラをかいていた。

〝トッツァン〟の塩島が、叶谷にむかって、

「カアチャン。熱いのを一本つけてくれ」

と、ふざけたとき、思わず、みんなはシュンとした顔を見合わせた。〝トッツァン〟の冗談は、あまりにもそのとおりすぎた。

長火鉢の縁をたたいたりして、ウキウキしていた面々は、なんとなく、つぎつぎに席を立っていった。

「チキショウ!」

当の塩島までが、おかしな顔になって、出ていってしまった。

鉄ビンがチンチン鳴る――

その長火鉢には、鉄ビンがかかって、いま、観衆の目を引いている。鉄ビンは日沼の作品だった。針金細工に紙をはりつけたのだが、そうは見えなかった。将兵たちの眼には、シュンシュンとあがる湯気が見え、耳には、チンチンと鳴る音が聞こえているに違いなかった。

だが、ここ常夏のニューギニアでは、舞台裏の窓から見ると、ジャングルのあちこちに、毒々しいほど赤い熱帯の花が、カッと咲き乱れていた。

――わたしたち出演者にとっては、いささか心外なことに、この序幕はもっぱら装置が主役の形であった。

人気は内地の風物に集中していた。

あとで挨拶にきた人たちのなかでも、

「久しぶりで日本を見せていただけて、もうこれでいいです」

としみじみと述べるものが多かった。

それにしても、〈瞼の母〉をだしものに選んだのは成功だった。二幕目の「水熊奥座敷の場」で、わたしの忠太郎が、

「上下の瞼をピッタリ合わせ、ジッと考えりゃ、会わねえむかしのオッカサンのおもかげが浮かんでくる。会いたくなったら、目をつむろうよ」

といってから、ふたたび眼をあけたとき、ふと気がつくと、ほんとうに目をつむっている観客の多かったのが、印象に残った。

——この公演には、もう一幕あった。〈軽喜劇　金ちゃん〉である。これは如月寛多こと青戸光の自作自演だった。ただ、脚本だけは、かれの原案にプロの門馬が手を入れた。

青戸は達者で、よく笑わせた。〈瞼の母〉でしみじみ泣いたあとだったから、客席はなお気楽に楽しんでいた。

「やっぱり、如月寛多だけあるな」

「ツボを心得てらあ」

演分のなかでも、そういって感心している奴がいた。まともな演技ではないが、そういわせるだけのなにかを、青戸は持っていると思われた。わたしは一安心した。

金ちゃん…………如月　寛多
父…………………東　勇
母…………………塩島　茂
隣りの玉ちゃん……斎藤弥太郎
町会の人…………市川　莚司

——初女形の斎藤兵長が、収穫だった。オカッパ頭に水玉のキモノを着て、兵児帯をユラユラさせながら、お手玉をやったのである。

なかなかに愛くるしい下町娘ぶりだった。〈瞼の母〉の叶谷が、いくらかおキャンなアデ姿なら、斎藤は純情可憐なポチャポチャ型といえた。

この公演以来、斎藤は人々から〝お玉ちゃん〟と呼ばれるようになった。

この日——二十年四月二十九日からあと、わが「マノクワリ歌舞伎座」はほとんど一日も休まずに幕をあげつづけたのである。

演劇分隊の心意気

無休の一カ月興行

マノクワリには、はじめ陸軍を主として、海軍、台湾義勇軍、ジャワ兵補をふくめて約四万が集結したが、ビアク、ヌンホル島の玉砕組、ソロン地区への転進（途中で敵上陸部隊と死闘）、バボへの死の行進などで、みるみる激減し、のこった一万余のなかからさらに三千人ちかくが倒れていた。

「マノクワリ歌舞伎座」はほぼ一カ月ごとに、だしものを変えることになっていた。しかし、この公演期間は、ただ漠然と、月という単位をうのみにして、きめたのではなかった。

夜、明りをつければ、空襲を招くことになる。だから、上演は昼間の〝定期便〟（空襲）が終ったあとを見はからって、二時から五時ごろまでのマチネーをたてまえにした。一日一回興行である。とすると、一カ月で三十回、幕をあける。

座席の収容人員は、二百五十人前後がいいところだった。つまり、三十回やれば、マノクワリじゅうの将兵に、ひとわたり、その公演を見せることになる。

一カ月興行という方式は、そんな算術からわりだされたのであった。

そのかわり、演芸分隊員は年中無休だった。観覧部隊のスケジュールが組んである以上、一日でも休めば、その日に見るはずだった部隊は、その公演を見そこなってしまう。そればかりか、あとひと月のあいだ、「マノクワリ歌舞伎座」の客席に坐る機会がなくなるのだ。

二十年四月から二十一年五月まで、わたしたちは、例外を除いて、ほんとうに一日の休みもなく、舞台に立ちつづけた。

マラリアで四十二度台の熱をだしていても、足が立ち、声が出るかぎりは、舞台を勤めた。どうしても動けないものがいた場合は、一人二役でもやって、幕をあけた。

復員船に乗りこむまでに演じた狂言は、原本がないために、記憶によって不忠実に

無断脚色させていただいたものもふくめると、
長谷川伸〈瞼の母〉〈関の弥太ッペ〉〈一本刀土俵入〉
岡本綺堂〈権三と助十〉〈相馬の金さん〉
行友李風〈国定忠治〉
菊池寛〈父帰る〉
浜本浩〈浅草の灯〉
中野実〈花嫁寝台車〉
岸田国士〈暖流〉
石川達三〈転落の詩集〉
——ほかに、中山、門馬たちのオリジナルものが、同数ぐらいあった。

転んでもただ起きぬ

どの芝居のときだったろうか?
開幕の時間が近くなって、立女形の叶谷上等兵が白足袋をはこうとしていた。〝お玉ちゃん〟の斎藤テーラーは、足袋にまでレパートリーをひろげていたのである。

足をグッと入れたとたん、

「アアーッ」

叶谷はものすごい声で絶叫した。あわてて足袋をぬぎ捨てると、ピョンとはねあがって、片足でキリキリ舞いをはじめた。

「イテテッテェ、イテテ……」

顔をしかめて、大変な痛がりようなのだ。きれいに顔もつくって、着付もすんでいる。盛装した美女の苦悶ぶりは、妙に凄艶だった。

「どうした？」

「どうしたんだ？」

座員がかけよった。

「イテテ、イテテッテェ」

叫びながら、かれは、投げ捨ててある足袋を指さしているらしい。かけよって、足袋を持ちあげたら、なかからゴソリと、車エビほどもあるサソリがはい出した。

叶谷の足先は、見る見る紫色にハレあがった。南方のサソリは猛毒を持っている。そのままにしておいては危い。みんな青くなった。

「近くの隊へ大急ぎでいって、すぐ軍医をつれてこいッ！」

衣裳をつけていない小原上等兵が、血相をかえて飛び出していった。

かけつけた軍医が、すぐさま叶谷の足指を切開した。

「これで大丈夫だよ。もう心配はいらない」

軍医はそういったが、こっちはちっとも大丈夫ではない。開幕のまぎわになって、スター女形に怪我をされたのでは、どうしようもありはしない。

代役はいなかったし、客席では満員の客がいまや遅しと幕のあがるを待っていた。

と、横になって痛みをこらえていた叶谷が、シカメッ面で身をおこした。

「やります。自分、やりますよ」

「まあ、待て」

さすがに、わたしは押しとどめた。

「しかし、立てるのかい？」

「立てます」

叶谷は片足で立って、かまれたほうの足をソッと床についてみた。ビクッと肩がふるえて、眉根にシワがよった。

「大丈夫です。なんとか、やりましょう」

「しかし、足はどうするんだい？」

「考えがあるんです。まあ、まかせてください」

かれは足を投げだして坐ると、グルグル巻きになっている繃帯をときはじめた。

「おい、ダメだよ」

衛生軍曹のわたしは、ほうっておくわけにいかなくなった。

「いや、とってしまうんじゃないですよ。小さくするだけです」

輪になって見守っている仲間に、

「だれか、ハサミを持ってきてくれないか」

――叶谷は考えたのである。

爪先に怪我をしたから、もう足袋をはくわけにはいかない。といって、大きな繃帯をした素足で出たのでは、観客に気を使わせるし、男の足がマル見えになる。

そこで、目だたない程度に、繃帯を小さくして、その上から足ぜんたいに〝白粉〟を塗ってしまおう――それが叶谷のアイディアだった。

「素足の女ってのも、新しい趣向でしょう」

「ウン、それはまあ」

わたしは、このひ弱い兵隊がいとおしくなった。

肉よりシッポ

いつか、空襲で砲兵隊の馬が死んだ。マノクワリに残っていた最後の一頭である。その部隊では、各隊に馬肉を配給することにした。演芸分隊からは、叶谷がもらいにいった。

ところが、帰ってきたかれは、馬肉を持っていなかった。

「肉はどうしたんだ?」

あてにしていたので、少しムッとして尋ねると、叶谷はむしろ得意そうに、

「肉より、もっといいものをもらってきましたよ。ホラ……」

そういって、とりだしたのは、なんと、馬のシッポだった。

「なんだい? それは……」

ツッケンドンに聞いてから、わたしはハッと思いあたっていた。

「班長、カツラですよ。これならいいウェーブが出ますよ」

やはり、そうだった。

カツラ担当の塩島と叶谷は、いつも、いい材料がないのをボヤいていた。マニラ麻の毛よりは、いくらか進歩して、そのころは、バナナの幹の繊維がカモジがわりだったが、それでも、まだ具合の悪いところがあった。

バナナの皮を切りとって、泥のなかに埋めておく。しばらくすると柔らかい部分は腐って、糸のような繊維だけが残るのである。それをよく洗って、なん回も天日で乾かす。カサカサになったら、よくたたいてシナシナにする。このたたく作業が、いちばん日数を食った。それでも、こうしてつくった毛は、いくらか女の髪らしい柔らかみを持っていた。

二人は、それを使って、どんなカツラでもつくりあげていた。丸マゲが見事に完成したときは、みんな、なんともいえない顔をして、穴のあくほど見つめていた。

村田さんまでが、

「これはいい」

を連発して、目を細めながら、手にだいていた。でも、なんとなくゴワゴワした感じがつきまとうのである。

熱心な叶谷は、それが頭にあったものだから、馬の死体を見たとたんに、「肉はいらないから、シッポをくれよ」と、とっさに口走ったらしかった。しかし、そういう気がまえは、演分全員の心意気でもあった。

――叶谷は痛む足にソーッと〝白粉〟を厚塗りしていた。

〝白粉〟も前川時代よりは進化していた。もう、膏薬をこすりつけた上に、天花粉をまぶすような旧式は、だれもやっていなかった。

新式は亜鉛華を使う方法である。ものは天花粉とそう違わない。が、いまでは、それを水でといて、ねり白粉のようにしていた。

それから、白墨も使った。日沼荒物店が、針金でウンと目の細かいモチ焼き網をこしらえる。これをヤスリがわりにして、白墨をこするのだ。白い粉ができる。

男優には、白墨の粉だけでは白すぎる。そこで、建築部隊からトノコをもらってきて、肌色に調合するのである。これは一種の粉白粉だ。下地は、宣撫物資として持ってきたチックを、頭ではなくて、顔にうすく塗る。その上へ、ボタン刷毛のかわりに、脱脂綿をガーゼで包んだので、白粉をたたいた。

赤いチョークでホホ紅もできた。青いのは、ヒゲあとなどの青黛《せいたい》になった。

ただ、口紅だけは、依然としてマーキュロだった。ほかのものだと、舞台でハエないのだ。赤いチョークも、朱墨も、うまくなかった。

——叶谷はチック法で足を塗っていた。下のほうだけ塗りあげて、かれはフッと考えこんだ。

「どうした？　痛むかい？」

「いや、そうじゃないんです」

「じゃ、なんだい？」

「先のほうだけ白くしても、キモノって奴は、どうしても脛が見えますね」

「ま、そうだ」

「ですからね……」

声をかけたら、

エイッとばかり、裾をまくりあげて、

「ついでだあ。上のほうまで塗っちまうとするか……」

叶谷はクルブシから上も、どんどん白くしていった。白い脛ができた。乾かしながら、自分でながめていたが、ふと、クスリッと笑った。

「もうひとつ、ついでだ。ねえ、班長どの、念のために、もっと塗っといたほうがいいでしょう」

——こうして、叶谷はビッコをかくして、舞台に立った。

はじめのうち、観客は叶谷苦心の素足に気がつかなかった。だが、芝居が進んで、〝彼女〟が中腰でしゃがむ場面にきた。

それまでは、痛む足をなんとかカバーしてきたのだが、膝を折ろうとした瞬間、上体がグラリとゆれた。傷ついた足先に体重がかかって、激しい痛みが突きあげたに違いなかった。

「危いッ!」

気づかって、ソデで見ていたわたしは、ハッとした。倒れるか……?

女形開眼

が、かれはセリフをいいながら、脚をふんばった。とたんに、膝が開いた。割れた裾から、赤い蹴出しがこぼれ、その奥にまっ白い太腿がチラリと光った。

「ワーッ」

猛烈な喚声だった。疼痛をこらえながら、声を張っている叶谷の口跡《こうせき》は、まるっきり聞きとれなかった。その嘆声のなかで、事態に気づいた叶谷が、やっと前をつくろっていた。

客席の興奮はすさまじかった。だれも叶谷の苦痛を知りはしなかった。終演のあと、挨拶にきた将校たちは、例外なく、そのシーンを口にして、

「加藤班長。きょうの演出はよかったね。息がとまりそうだったよ」

「いやあ、きょうはありがとう。国を思い出しちまってね」

そのどれにも、わたしは、さりげない返事をしただけで、叶谷のけなげさを教えはしなかった。

しかし、おどけていえば、叶谷はこの事故のおかげで、ひとつの女形開眼をすることになった。

「班長どの。女形ってのは、大変なもんですね。見えそうもないところまで、女になっていなくちゃいけないんだなあ」

半分はふざけていたのだが、そこには真実のようなものもふくまれていた。

「そんなことといっても、まるっきり、そうなるわけにはいかんだろう」

「エエ、もちろん、そうですがね」

二人は吹きだした。

それはそれですんだ——と、わたしは軽く考えていたのだ。が、つぎの日も、叶谷は腿まで白く塗って、舞台に立ったのだそうだった。そして、そのつぎの日も……。しかし、もう、わざわざ、膝を割って見せるようなマネはしなかったから、わたしは気づかなかった。分隊員のなかで、耳に入れてくれるものがあったから、そうと知ったのだった。

「悪趣味な奴だなあ」

と、わたしは黙殺するふりをした。が、内心では、叶谷の芸熱心とサービス精神を見なおして、舌を巻いたのである。

しかし、それにしても、だいぶあとになってから、あれ以来、叶谷が女形を演じるたびに、かならず、膝の上まで白く塗っている——と知ったときは、ほんとうにビックリした。

それは〈浅草の灯〉のときだった。

かれは浅草のバンプお竜に扮していた。第七景が「お竜の店」であった。観音さまの祭礼の宵である。お竜は、店の軒先に踏み台を持ち出して、祭礼と書いたチョウチンを釣ろうとする。

爪先だちして、腕を上に伸ばしたとき、ワーッとわいた。台に乗って、そんな恰好をするものだから、低い客席からは、お竜の脛が見えたのである。叶谷はチャンと〝白粉〟を塗っていた。

この次まで生きてくれ

入場料はおイモ

おかしなことをいうようだが、わたしたちはお客から入場料をいただくたてまえになっていた。

「マノクワリ歌舞伎座」が開場するとき、司令部の幹部連がそれをきめたのである。演芸分隊は、まい日の公演と、つぎのだしものの支度で、なかなかいそがしくなる――と見込まれていた。そうすれば、当然、農耕のほうは手薄になる。ひいては、分隊の食糧が足りないわけである。

それでは可哀そうだから、観覧分隊にいくらかずつでも生イモを差入れさせることにしよう――そう相談がまとまったのだという話だった。

さっそく、伝令がやってきて、

「そういうことになりましたので、入場料のイモは、どのくらいの分量にすべきか、加藤班長に聞いてこいとの命令であります」

わたしたちは当惑した。

公定の入場イモをきめるといったって、部隊によって、うんと貧富の差があるのは、知れたことであった。

駐屯している場所はあっちこっちだ。土地のいいところと、悪いところがあるのは、あたりまえだった。部隊員の出身地によっても、農耕技術に差があらわれる。都会の兵隊は土いじりが下手だし、農村出身の連中なら、お手のものだ。ほかにも、いろんな条件があった。

「一律というのはムリですね」

専門家の斎木技手が断言した。

すると、つづいて今川上等兵が、

「少ししか収穫のない隊は、自分たちが絶食して、イモを持ってくることになりますよ。そんなもの、もらえやしません」

かれは分隊の炊事をひきうけることが多かったから、食糧難の苦しさが、人一倍、身にしみていたのだろう。

「ぜんぶ、タダにしたらいいですよ」

塩島トッツァンは不動さまの熱心な信者だった。

「いや、あるところからはもらいましょう。ないところへは、こっちからやる。それでいいじゃなかですか?」

篠原和尚がスッパリといった。このあたりが、いちばん無難な判断だと思われた。

「じゃ、どうだろう? 入場イモの分量は〝おぼしめし〟ということにしては……」

わたしが結論をだしたら、みんな賛成してくれた。さっそく、司令部へは、そう意見具申をした。

熱帯のニューギニアでは、サツマイモが四毛作であった。といっても、収穫の少ない部隊は、どうしても、熟しきらないうちに食べたがる。すると、減産と早収のイタチごっこがはじまるのである。

まだまだ、栄養失調死は日常の茶飯事だった。病人もザラにいた。

そんな環境のなかで、

「勝っても負けても百年戦争」

という合コトバが交わされていた。つまり、この戦争の決着がつくには、どっちが勝つにしても、あと百年はかかる――という意味である。

とすれば、マノクワリにおいてきぼりを食っている支隊の兵員は、どう転んでも、このまま、ここで死ぬことにきまっていた。それこそ、ほんとうの〝必死〟である。命のジリ貧だ。


オレンチの女房はな……


支隊のなかでは、いちばんハッキリした目的を持っている演分の隊員にしたって、いったん、そのことを気にすれば、やりきれなくなるのを防ぐことができなかった。

「カイカイ」がなおって病院から加盟してきて、時代劇に健筆をふるっている中山上等兵は、ふだんはおとなしいが、手製のイモチュウに酔うと、人にカランだ。

日沼上等兵は、愛妻をノロケることで、絶望を和らげていた。かれは新婚そうそうの出征だった。それも、惚れて惚れられて、やっと所帯を持ったとたんの別れである。

かれにとって、自分の恋女房こそは、美しい女性の象徴であった。

叶谷上等兵が下町風のオキャンな女に扮する。と、それを見た日沼は、夜、寝てから、

「オレンチの女房ってのはな、きょうの叶谷みたいに小股の切れあがった女なんだよ。ほんとだぜ」

大まじめなのだ。

かと思うと、斎木技手がモダンな令嬢の役をやれば、

「オレンチの女房はな、きょうの斎木そっくりの近代的な女なのさ。ほんとだぜ」

これも、本気なのである。だれも聞いていなくても、いつまでもエンエンと、ノロケの大熱弁をふるう。

とうとう、神経質で怒りっぽい中山が爆発して、ガバッとおきあがる。

「デタラメいうねえッ！お前の女房はそんなにいつも変わるんか」

若白髪の塩島トッツァンが、不動さまを熱烈に信仰しているのも、おなじことだった。朝おきると、かれは、まずお不動さまを拝んで、長いあいだ、念仏を唱えた。燃えてくると、とてつもない大声になるのだ。

「うるせえっ！」

「やめろッ」

口々に怒鳴っても、そのときだけの効果しかない。とうとう数人の隊員が、わたしのところへ尻を持ちこんできた。

抗議にきた連中にしても、うるさいからカンにさわるのではなさそうだった。塩島が身も世もあらぬ没入ぶりで、さしあたってこの逆境をどうしてくれるでもない不動さまにすがりついているのが、見るにたえなかったに違いないのだ。

わたしは塩島を呼んで、

「お不動さまを信心するなとはいわないよ。しかし、いやがる奴もいるんだから、拝むのだけはジャングルのなかにしてくれ」

と釘をさした。かれは素直にそのとおりにした。

あるとき、わたしは夜中に目がさめたっきり、どうしても寝つかれなかった。どうせ眠れないのなら、つぎの演目でも考えよう――そう思って、ジャングルのなかへ、ブラブラと歩いていった。

おあつらえむきに、すごいほどきれいな月夜である。緑色の月光が、もったいないほどタップリと注いでいた。ふと見ると、少し斜面になったむこうのほうに、人影があった。

月明にすかすと、塩島トッツァンだ。不動さまでも拝んでいるのかと、ようすをうかがってみたが、べつに声は聞こえない。海をながめているらしかった。

ほっておこうと、むきをかえかけたとき、〝トッツァン〟が、ものすごい声でほえたてた。

潮騒がよく響く夜であった。塩島の叫び声は、潮の音と音との間隔を縫っていた。わたしには、ハッキリと聞きとれた。かれはこう呼びかけていた。

「カアチャーン。元気でいてくれよなあーッ」

グッときた。かれの気持が十分に同感できるような青い月であった。「月が鏡であったなら……」という流行歌の文句が頭に浮かんだが、わたしは笑えなかった。たしか、塩島はもう四十に近い年齢であった。

大学出のインテリ上等兵・門馬は、人の手相ばかり見ていた。しかし、未来を予言しようとはしなかった。かれは過去ばかりを推理して悦に入っていた。

ただ、九州の怪僧・篠原曹長だけが、超然として、自分の足の上に立っていた。この人は演分の重心だった。

「加藤班長。どんなことがあっても、あんたが分隊員ば叱っちゃいけまっせん。あんたが怒れば、芝居のチーム・ワークばくずれますたい。不都合な奴があったら、わたしが気合を入れますけん。ころあいを見はからって、あんたが止めにかかるとよかです」

イキな人物だった。いつも、達筆の細字で日誌をつけていた。

観劇は生きるメド

さきざきにハッキリしたスケジュールを持ち、暮らしのテンポを与えられている演芸分隊員でさえ、篠原さん以外は、そんな具合であった。

だからなんの目的もなく、目標もない一般の将兵たちにとって、月に一回の歌舞伎座詣でが、生きることのメドになっていたことは、いうまでもあるまい。

「しっかりやってくれよ。きみたちは演芸をやってるだけじゃないんだぜ。ここの全将兵に生きるハリを与えているんだからね」

杉山大尉はよくそういって激励してくれた。

「娯楽じゃない。生活なんだよ。きみたちの芝居が、生きるためのカレンダーになってるんだ。演分は全支隊の呼吸のペース・メーカーだぜ。そのつもりでガンばるんだ」

——わたしたちの耳には、そのことを裏づけるエピソードが、つぎつぎに入ってきた。

「もうダメです。いろいろ、ご厄介になりました」

そういって、息を引きとろうとする病人がいた。

「バカ野郎ッ。こんどの歌舞伎座は、すごくおもしろいっていうぞ。お前、見ないで死ぬつもりかッ！」

班長が耳もとで怒鳴りつけた。すると、

「ああ、そうですねえ。見なくっちゃ……」

と、気をとりなおしたというのだ。病気で気持が滅入って、動かなくなっている兵隊に、

「おいッ、もうすぐ、ウチの部隊の観覧日だぞ。寝ている奴は、おいていくが、いいか」

それを聞いて、さっそく起きあがって働きはじめたら、まもなく病状が軽快しはじめたという話も聞いた。

観覧日が近づくと、病人が快方をたどりはじめる——ということは、もう定説になっていた。

そのかわり、わたしたちは、そんなのとは逆の悲報にも、多く接しなくてはならなかった。

楽しみにしていた観覧をすませて、部隊に帰った兵隊が、

「アーッ、きょうの芝居はおもしろかったなあ」

と、のびをしたまま、その場で昇天してしまったという類の報告だった。

いずれにしても、わたしたちは休演などできる筋合ではなかった。こっちも命がけであった。

しかし、人をよろこばせられる仕合わせが、演分隊員を勢いづけてくれた。

ワルバミ農場隊

——ワルバミ河のむこう岸に、イワクつきの部隊がいた。駐屯している場所にして

からが、ほかの隊とは飛びはなれた山奥であった。

わたしたちは正式の部隊名を知らないので、「ワルバミ農場隊」と通称していた。聞いたところでは、この隊は一種の〝つめ腹部隊〟だそうだった。

もともとは、東部ニューギニアにいた独立工兵隊らしい。それが、濠州へ出撃する途中で補給がつづかず、ついに涙をのんで後退した。軍は、その生存者をホーランジアに収容し、さらにタライまわしでマノクワリへ送った。

着いたのは、十九年のはじめごろだった。海軍が動けた時期で、内地へはまだ便があった。しかし、軍は負け戦さの味を知っているこの人たちを内地に帰そうとはしなかった。

いちばん土地のやせた、気候の悪い場所が、かれらの駐屯地だった。農耕には適していないし、健康にも悪い。しかも、食糧や医療品は、最低線のなかの、そのまた最低ギリギリしか与えられていなかった。

餓えて栄養失調、あるいはマラリアにかからせて、ジワジワと死滅させるつもりだったらしい。その方針どおり、この隊の減りかたは飛びぬけていた。

しかし、まだ、十なん人かが細々と生きていた。この隊と、ほかの部隊とは、月に一回の命令受領のときしか接触がなかった。

「マノクワリ歌舞伎座」の観覧日程表にも、この隊だけはろくに入っていなかった。ひとつには、人数が少なすぎて、一日ぶんの単位にならないからでもあったらしい。かれらは観覧スケジュールのなかで、いつも貧乏クジをひかされていた。だから、この隊の連中は、人一倍、演芸への執着が強かった。

やせこけて、顔色の悪い兵隊ばかりだった。健康もうんと悪いのだろう。が、傷心と苦悩が表情を忘れさせたようで、ひどく老け顔だった。その一人が、わたしのところへきて、オズオズ口を切った。

「わたしたちも、一人前に、月一回は見せていただきたいですなあ」

「いいですとも。出ていらっしゃい」

わたしは独断ででも入場させてあげるつもりで即座にこたえた。

「わたしたちのことをご存じですか？」

「聞いています。演芸分隊には関係のないことです」

「そうですかあ」

相手はホッとため息をついた。そしてチョッピリ明るい顔になった。

「正式の日程に入っていないんだから、かえって都合がいいじゃありませんか。いつでも、なん回でもきてください」

と申し出てから、わたしはハッと思いあたった。

あんな山奥から、どうやって出てくるのだろう。それに、ワルバミ河には橋がない。

「わたしたちだけが知っている間道があるのです。野宿しながら、きたんですよ。河は泳いで渡りました」

ワルバミ河は隅田川ぐらいの幅があるはずであった。よくも、そんなからだで……。

「ぜひ、みなさんおそろいで、きてください。便宜は図りますよ」

電気のご馳走

「ワルバミ農場隊」の兵隊は、ちょいちょい、劇場に顔をあらわすようになった。ほんとうにトボトボと、疲れきった足どりが痛々しかった。でも劇場へくるときは、ボロボロの軍服を洗濯してくるらしかった。

「ワルバミ河は、上から見ると広いんですが、両岸から浅瀬がせり出している地点がありましてね。背が立つかぎりは歩いて、深いところだけは、服を頭にしばりつけて泳ぐんです。体力がいるもので、三、四日前からトレイニングをするのですよ」

そんなことも話すようになってきた。

芝居を見てもらった夜は、劇場に泊めた。かれらは弁当さえ、ろくに持っていなかった。入場料なんか、もってのほかである。わたしたちはよそからの入場イモを、かれらに分けた。長束が、伸び放題に伸びているヒゲをそってやることもあった。斎藤は服の穴をついであげた。

この連中が泊まる夜だけ、わたしたちは窓に暗幕を張って、電気をつけることにした。ご馳走のつもりであった。

「ああ、明るいなあ」

かれらはうれしそうに、ウットリと眼を細くしていた。「ワルバミ農場」には、ロウソクやヤシ油ランプもないようだった。

「このあいだきたヒゲの人、どうしてますか?」

「死にました」

「……。いつか、エノケンさんの声色をやった人は?」

「死にました。死ぬまで、あの芝居のことばかり話していましたよ」

実にサラリと、感情の起伏なしに、友人の死を口にするのである。むしろ、明るいといってもいいほどなのだ。その淡々とした態度が、こっちにはたまらない。

「こんどは、なにですか?」

「〈……〉ですよ。ぜひ、見てください」

「見にきたいですね。なあ、おい……」

と、仲間同士で顔を見合わせると、ニコニコ笑いながら、

「このなかで、だれとだれがこられるだろうね?」

「まあ、お前はモタんだろうな」

「いやあ、お前が先さ」

その一種の朗らかさには、聞くほうが、つらくてやりきれなかった。

夜は、毛布を貸して、劇場で寝てもらうのが恒例だった。

朝まだき、その人たちは、わたしたちが眠っているうちに、もう起きだして、分隊の農場へ作業に出かけていった。

「やめてください」

いくら強くいっても、

「なにも持ってこないのに、芝居を見せてもらったり、食事させてもらったり、これではすまなさすぎますよ。せめて、土を耕すぐらいは、やらせていただきます」

どうしても、そのしきたりを破ろうとはしないのである。

やがて、一行は整列して、

「ありがとうございました」

と、深く頭をさげる。

わたしたちもならんで、しみじみと見送りながら、

「このつぎのとき、待ってますからね」

本気で心を伝えるのだ。

「なんとか、それまで生きてみようと思います」

「さようなら」

「さようなら」

手を振りながら去っていくうしろ姿は、すぐに、ジャングルの朝モヤに吸いこまれてしまう。

どうぞ、このつぎまで生きていてくれ――わたしたちは、もうなにも見えない乳色

のモヤに、心から祈らずにはいられなかった。

命がけで見にきてくれる。あんなにもよろこんで……。このとき、わたしの胸をしめつけたのは、役者とは、なんとありがたい仕事なのだろうという幸福感であった。わたしは、つくづく、こんなにも人によろこばれる役者稼業を、一生つづけよう——と心にきめた。

食い気とホーム・シック

女形志願

だれもかれもが、女形を志願しはじめた。

なんといっても、いちばんよろこんでもらえるのが女形だった。女形をやると、人気が倍になった。芝居をやるからには、ウケたいと思うのが、あたりまえである。

人のいないときを見はからって、

「班長どの。つぎの芝居には、女形の役はいくつありますか？」

などと、カマをかけてくる自薦組があいついだ。

叶谷、斎藤、斎木——と、レギュラーの女形要員が三人いる。年増役は長束がいる。

いくら、あつかましいオッサンたちでも、この美女（?）たちを押しのける気はないのである。フケでもいいから、ほかに女形のでる幕があったら、なんとかしてもぐりこもう――と、ねらうのである。

しかたなく、さしつかえないかぎりは、オコボレの女役を、まんべんなく配給することにした。こうして、小原美術部以外は、全員が女形経験者になった。わたしもやった。門馬や中山などの文芸部員も例外ではなかった。

「オレの女形、よかっただろう?」

「あそこんとこで、だんぜんウケたな」

ふだんは、あまり自信を持っていない役者たちが、女役で出たときだけは、やたらと自慢したがった。うまかった――と自分で思いこみたいのであった。

女形をやると、たちまち、ファン・レターが舞いこんだ。しかし、その文面は、色だの恋だのとは関係がなかった。

「くにのお袋に似ているのでおどろきました。ご健康を祈ります」

「家内の若いころを思い出しました。あの矢ガスリの着物を大事にしてください」

女形へのあこがれは、みな望郷の想いにつながっていたのだ。それは肉親愛そのものなのだった。

なんとか、かんとか口実をこしらえては、楽屋へ遊びにくる兵隊が多かった。楽屋はゴザ敷きだった。畳の感じがしないでもない。鏡台らしいものもあった。その前には、怪しげな化粧品がならんでいた。壁には、女ものの衣裳がかかっている。来訪者たちは、きまって鏡台のわきにアグラをかいた。そして手を伸ばしては、ゆっくりとキモノをさすった。放心したような、夢をみているような、顔つきで、かれらはボンヤリと坐りつづけていた。

故郷の家の母親や妻の部屋を思い出していることは、聞くまでもなかった。ヒョイと入ってきて、壁に衣裳がかかっていないと、かれらはテキ面に悲しそうな眼をした。

「なるべく、キモノは壁にかけとけよ」

「わかっています」

ひとりものの斎木や叶谷さえ、よく心得ていた。

カビのはえた板チョコ

その叶谷がマラリアにやられて、どうしても高熱がとれなかったことがある。しかたなく、病院に送った。が、かれは、なんとか三十度台の熱になるのを待ちかまえて、すぐにヒョロヒョロしながら退院してきた。

「ご迷惑をおかけしました。もう大丈夫です」

そう大丈夫そうな顔色でもなかった。しかし、わたしとしても、

「ゆっくり休め」

とはいえないのである。

「ムリをしないようにな」

それが、精いっぱいのねぎらいだった。

「珍しいお土産があるんですよ。ハイ、これ……」

うやうやしく、叶谷がとりだしたのは、白い粉を吹いた板きれのようなものだった。

「なんだい？　これ……」

「もらったんですよ。チョコレートです」

「チョコレート？」

いわれてみれば、たしかに、それはカビの生えた板チョコなのである。そんなものの存在は、とっくに忘れていた。

「フーン。おかしなものが、よくあったね」

「いや、それがね……」

叶谷は照れくさそうに手を頭にやった。

かれが入院すると、見舞い客が殺到したのだそうである。もちろん、見も知らない将兵たちだった。立女形の病状を心配して、つめかけてきたのだ。

それぞれに手土産をさげていた。大事な食べものをさいて、人に与えるのが、ここでは最高の心中だてであった。

イモ、タピオカの餅、バナナ、椰子の果実……枕頭にならぶほどの分量ではありはしない。しかし、叶谷には、それらがみな、いちばん貴重なトッテオキを、本人は食べずに、持ってきてくれたものであることが、痛いほどわかっていた。

どこかの将校がやってきたとき、ちょうど、叶谷は見舞い品をもらうことに、罪を感じはじめているときだった。

「なにか、ほしいものはないか?」

「ありません」

かれはキッパリことわったそうである。

「ない？　ないはずはないだろう」

「いえ、食欲がないんですよ」

「それはいかん。なにか、これなら口に入る——というものはないかね？」

将校は熱心だった。

叶谷は一計を案じた。ぜったいに、マノクワリにはない食べものを要求すれば、相手もあきらめてくれるだろう。

「チョコレートなら好きなんですけど……」

「チョコレート？」

あきれたのかと思ったら、

「よし、あした持ってくる。待ってくれ」

——そして、あくる朝、叶谷の枕もとに、カビだらけのチョコレートが届けられたのであった。

その将校は、ジャワから転進してきた部隊の人だった。上陸したころのジャワには、まだ物資があった。内地には甘いものがないと聞かされたかれは、チョコレートを買っておいたのだ。帰還するときに、家族へのお土産にするつもりだったろうことは、いうまでもない。

しかし、やがて、かれらを乗せてジャカルタを出港した船は、北上せずに東へ進んだ。着いたのがマノクワリだった。

それでも、かれは、まだあきらめずに、チョコレートを持ちつづけた。帰れる日まで、肉親への想いをそのチョコレートに託しておくつもりだった。とけてグニャグニャにならないように注意したあまり、一面にカビが生えた。

かれは家族への心のパイプであるその板チョコを、叶谷に吐きだしてしまったのだった。ということは、叶谷の女装に、その将校が家族を見ていたからに違いなかった。

——斎藤の場合は、もっと朗らかだった。

やはり寝ていたら、漁撈班の下士官が見舞いにきた。

「斎藤くん、魚は好きかね？」

「好きですよ」

「なにが食いたい？」

そこで、〝お玉ちゃん〟はカマトトぶりを発揮した。

「あたし、オサシミが食べたいわ」

「なに？　サシミか。よし、きた」

か弱い女性に甘えられた感触が、下士官をリリシくした。

「持ってくるよ。待ってな」

つぎの日、その下士官はカツオのサシミを、〝お玉ちゃん〟に差し入れた。

このできごとを斎藤から聞かされたとき、わたしは叱った。

「漁撈班は、お前のために、わざわざ舟を出して、手榴弾で魚をとったんだぞ。あのやりかたが危険だってことぐらい、知らんはずはないだろう」

魚のいるところまで舟で近づいて、手榴弾を投げこんで爆死させる漁獲法には、人間まで爆死する危険性がつきまとった。

プラトニック・ラブ

女形へのあこがれは、セックスとは別の領域にあった。かれらはアイドル（偶像）だった。第一、わたしたちには、とっくのむかしに性欲なんかなくなっていた。食い気とホーム・シックだけで全部なのだ。

現在、女形への傾倒ぶりを話すと、男色家の登場を想像するかたがあるかもしれない。しかし、そんな心配はご無用に願いたい。マノクワリ支隊の将兵は、衰弱のあまり、申しぶんなく純情可憐でプラトニックだった。

そのうちに、女形たちに司令部からトッピョウシもない命令がくだされた。

「裸体で農耕に従事することを禁ず」

いったい、なんのことだ？——と、ふしぎに思って、村田大尉に説明を求めた。

「こっちとしても、苦肉の策なんだよ。実はね、あんまり、そういう要望が多いものだから、しようがなしに命令を出したんだ」

男ばかりの生活だった。南緯一度の熱帯である。農耕するとき、わたしたちは、たいてい越中フンドシ一本であった。

いや、ほんとうは、衣服を長もちさせるために、それなしでもよいことにさえなっていた。そういう状態で歩いているときに、将校の姿を見かけると、わたしたちは、

「歩調とれッ！　頭ァ右ッ」

と、〝部隊の敬礼〟をしなくてはならない。つまり、膝を高くあげ、歩調を合わせて行進しながら、上官に注目するのである。スッパダカで男性がそういう動作におよんだら、どんなことになるか？　いうだけヤボだ。

まして、そのなかに、あこがれのスターがいるのを、ファンたちが見たとしたら？

「というわけで、あれを取締ってくれないと、夢がこわれてしまうって文句が、殺到してきたんだよ」

わたしは了承した。

「ついでに、越中一本でウロウロするのもやめるように、三人に伝えといてくれ」

女形もつらいかな。わたしは、違反しているのを見つけるたびに注意した。が、この禁止令は三人には難行苦行だった。ハダカのほうが、しのぎやすいにきまっていた。


しゃがむと見える……


〈暖流〉をやったときだった。このときにかぎって、入場開始と同時に、座席のとり合いがはじまるのである。ワッとばかりダッシュして、場内になだれこんでくる。先を争って飛びつくお目当ては、うんと下手《しもて》によったカブリつきだった。

なにか、わけがあるな——とは思っていたのだが、いそがしさにとりまぎれて、調べる暇がなかった。が、なにげなしに聞いていると、「第九景　鎌倉海岸」がバカに評判がいい。

はじめ、わたしは装置のせいだと、ひとり合点していた。ここでは、小原のセンスが、存分に発揮されていた。

舞台の前面いっぱいに、寒冷紗が垂らしてあった。紗といっても、そんな布地があったわけではない。病院からガーゼをもらってきて、斎藤がミシンでつなぎ合わせたのである。

その大きなガーゼから、みんなが総がかりで糸を間引いた。そうすると、よく透けるようになる。これを一文字から釣った。

背景は海だ。汀には磯馴れの松が生えている。

波をあらわすピアノに合わせて、紗の垂れ幕をゆらすのだ。軽くて薄いから、ユラユラとゆるやかにそよぐ。そのヒダに横からポッとスポットをあてた。バックの海が、ほんとうに波うっているように見えた。

紗の前で、わたしの日疋裕三と斎木の石渡ぎんが話し合う。

人気があるのは、このシーンだった。

なん日目かに早耳の青戸寛多伍長が、ソッとご注進におよんできた。

「班長どの。あの場面で、見えるんだそうですよ？」

この楽天家は、こんどの芝居では弁護士に扮して閉口していた。

「見える? なにが?」

「石渡ぎんのアレがですよ」

「アレ?」

「班長どのもカンが悪いな。いっしょに芝居しているくせに……」

わたしはポカンとして、青戸のクリクリッとした顔を見つめた。かれは大口をあけて、ゲラゲラ笑いたてた。

「ぎんが、あそこで、しゃがんで話すでしょ?」

たしかにそのとおりだ。ぎんは波打際にむかって、しゃがんでいる。日疋はそのうしろに立つ。

「斎木のしゃがみかたが妙チクリンだもので、下手《しもて》よりの席からだと、スカートのなかまで見えるんだそうです」

わたしは、そんなことには気がついていなかった。しかし、いわれておどろいた。

「それで、席を取りっこするのかい?」

「きまってるじゃありませんか。あの場所には、プレミアムがついてる——っていいますぜ」

わたしは、つぎの日、開場のときにソデからのぞいてみた。

まっしぐらに走りこんできた若い兵隊が、最前列の左端にトライすると、うしろをむいて、

「班長どのッ、班長どのッ！」

と、叫んでいる。

いっせいに殺到してくる人波のなかから、

「とれたかッ？」

「とれました。ここですッ」

あらわれたのは下士官だった。部下にとらせた席にユウユウと腰をおろすと、ならんで坐った先乗りに、

「いや、ご苦労。では、これを……」

雑嚢から、ふかしたイモをつかみ出して、兵隊に渡していた。

「ネッ、プレミアムがついているでしょう」

横からのぞいた青戸が、したり顔で指した。わたしは吹きだしてしまった。

芝居についてのいろいろなウワサは、ものすごいスピードでジャングルのなかをかけめぐっていたのである。まい回の命令受領でも、命令の示達なんかウワの空だった。みんなの関心は、そのあとで、もう観覧がすんだ部隊員から、いろんな情報を仕入れることにだけあった。

〝その席〟の効能は、わたしより先に、ほかの部隊員のほうがよく知っていたのだ。客席は、下手《しもて》の前列から、三角形がふくれていく恰好で、埋まっていった。

「しかし、青戸よ。見えるっていったって、斎木の内股じゃ、しようがないじゃないか」

「ところが、そうではないんですな」

かれは、いっぱしの通人みたいな口つきで、

「斎木だとわかっていても、みんなが見てるのは斎木ではなくて、石渡ぎんなんですよ」

――女形の人気が高まるにつれて、わたしは、演分の入浴をレディー・ファーストにした。べつにかれらを特別あつかいしたのではないのだ。そうしなくてはならなくなってきたからであった。

司令部では、わたしたちに、その日の観覧部隊から使役兵をつけるようにしてくれていた。だしものが大きくなってきたし、それも三本立がふつうになっていた。わたしたちはテンテコ舞で、とても、装置の配備や、客席のわりふりまでは、手がまわらなかった。

そこで、見にくる前の日に、その隊のだれかが、ひと足お先に劇場へきて、雑役をやってくれるわけである。

「使役兵は、前日の到着でよろしい」

わたしたちは、なんど、そう通告したことだったろう。しかし、派遣される役にあたった当人が、いうことを聞かなかった。前の前の日、あるいは三日も前から、やってきてしまうのだ。

そうすれば、芝居がなん回でも見られるからだった。そればかりではない。当日の朝までは用がないのだから、楽屋のあたりをウロつくのもご自由である。

開演の時刻がくるまで、わたしたちは農場で汗をかいた。やがて、

「作業中止ッ」

そこで入浴だ。「歌舞伎座」の裏手に泉があった。ドラムカンをすえて、風呂場に

してある。まわりに木立はあったけれど、もちろん野天だ。のぞこうと思えば、いくらでものぞける。

女形が入っているときは、やたらと周囲がザワついた。もともと男同士である。そう遠慮することもない。ドシドシと近づいて、

「背中を流しましょうか?」

と、くるのである。

あまり感心した傾向ではないので、設営の連中が暇になる前に、女形衆だけ先に入れてしまうことにした。三人はすまながった。

南の島に雪が降る

雪を見たいなアッ

「長谷川伸の『関の弥太ッペ』なら見たことがある。あのなかで雪を降らせられんかね」

深堀中将が転出したあと、マノクワリ支隊司令官になった鈴木大佐は、つぎの公演の演し物を報告しにいったわたしに、こう注文した。

「雪でありますか?」

「そうだよ。なにしろ、ここは一年じゅう、いつもこんな気候だ。兵隊たちは秋や冬をほしがっていると思うのだよ。雪を見せてやってもらいたいんだ」

「考えてみます」

確答を保留して帰ってきた。問題は資材だった。

マノクワリには四季がない。しょっちゅう、梅雨であった。だから、わたしたちは、なるべく芝居に季節を折りこむように工夫していた。

が、それにしても雪とは？　そう手軽にはできない装置である。

しかし、雪が内地をしのぶ絶好のよすがになることは、十二分にわかっていた。

まだ、わたしが兵站病院にいたころ、重態の栄養失調患者がいた。東北出身の若い兵隊であった。かれが危篤に陥った夜は、ちょうどわたしが当直していた。

「なにか、ほしいものは？」これが、臨終の病人にいうきまり文句であった。

かれは、かすかに首をふりながら、かすれた声で、

「雪を見たいなあーッ」

〝なあーッ〟と嘆息したのが、最後の呼吸だった。

その記憶があったので、できれば、わたしも原作では雨降りの「町はずれの場」で、雪を降らせたかった。けっきょく、経理部長に相談するより手がない。

「資材かい？　山ほどあるよ。いくらでもあげよう」

村田大尉は、いたずらっぽく笑った。この人の髪も白くなっていた。

「なんのことでしょう?」

「きみ。パラシュートだよ。あれなら、全部やってもいい」なるほど、そういうものがあったのだ。

「もう、飛行機がくるはずもないしね」

落下傘と綿と紙と

マノクワリにも飛行場があった。飛行場設営部隊というのがいて、ずいぶん長いあいだ、エンヤコーラをやっていた。

が、できあがるのを待ちかまえて、敵機の爆撃だった。滑走路は簡単に掘りかえされてしまった。

それでなくても、もうマノクワリにくる飛行機はなかったのだ。先着していた備品だけが、倉庫のなかで眠っていた。パラシュートもその一部であった。

村田さんのおかげで、雪景色がつくれることになって、小原美術部は、さっそくわたしの指示によってデザインにとりかかった。

わたしたちが踏む場所を、あらかじめきめておいて、その部分には毛布を積み重ねるのである。それから、ヒモだけはずしたパラシュートを、舞台一面になん枚も敷いた。フカフカした純白のパラシュートは、ほんとうにつもった雪のように見えた。毛布のある部分を踏むと、足がクルブシのあたりまでもぐるのだ。木や、カヤぶき屋根につもっている雪は、円尾中佐が寄進してくれた病院の脱脂綿であった。

降る雪は紙でよかった。細かく三角に切ったのを、舞台の上に釣ったスノコに入れておいて、ヒモでひっぱってこぼせばいい。

わたしたちは、この装置を、できるだけ秘密にすることにした。前からわかっていたのでは、印象がうすい。

演出にも、いろいろ気を配って、なるべく雪の効果が強烈に発揮されるように知恵をしぼった。

――さて、初日があいた。

第三場は「吉野宿・沢井屋の場」である。舞台は家の内部だった。

わたしの弥太郎と、東勇こと篠原曹長扮する箱田の森介が、沢井屋を飛び出していくところが、この幕のラストだ。

森介がサッと戸をあけた。と、パッとばかりに、白いものが土間に吹きこんで、二人の胸に舞っていた。

はらいながら、弥太郎がお小夜（叶谷）に叫んだ。

「おらア、あいつを斬って、おめえの迷惑を除くつもりだが、おれが斬られて死なねえもんでもねえ。そのときは、おめえはその小さな胸をしっかりだいて、生きていかなくっちゃならねえぜ。これがおれの置土産だ」

かけだしていた森介のあとを追って、弥太郎が戸口をくぐろうと身を乗りだすと、また、ひときわ激しく、雪が舞いこんだ。弥太郎はついた雪をはたきながら、しばし思入れあって、走りだしていく。

そこで、静かに幕——というだんどりだった。

ソデの陰に出てきて、反応をうかがうと、

「あれえ、いまのは雪じゃねえのか？」

「そうらしかったな。白いのが吹きこんできたもの」

そんなことをいっている。

作戦は図に当たったな――と、わたしはホクソ笑んだ。

雪の降っている戸外は、まだ見せてないのだ。家の内側から、外にむいて開いた戸口の空間から、雪らしいものが舞いこんだだけである。

それに、量にしたって、いくつかみかの紙っきれを、ウチワで飛ばした程度だ。

この幕切では、雪に対して気をひいておくだけでよかった。

やがて、大詰の幕があく。

甲州街道にそった吉野の宿の街はずれは、一面の銀世界だった。もう土の色は見えなかった。厚くつもった雪が、地面の起伏をなだらかにしていた。冬枯れの黒い木々に、そして枝々にも、白いものが繊細な唐草模様を描いている。カヤぶきの屋根も、重たげにうつむいていた。それでもまだ雪は小やみなく降りつづける。鉛色の空が低かった。

――いや、もう、大変な歓声だった。

「雪だアッ！」

という異口同音の叫びが、いっせいに爆発して、そのまま、余韻がいつまでも消えないのである。ガアーンと、大きなドラでも鳴ったような、長い興奮のときなのだ。

ソデで待機していた篠原さんとわたしは、顔を見合わせて、うなずいた。

「ここ、すぐに、かけだしていかないで、しばらく待ちましょう」

わたしは和尚に、演出の変更を伝えた。

「そうですね。せっかく楽しんでいるとです。ゆっくり雪見ばしてもらいましょうばい」

「じゃ、あなたが走りだすキッカケは、だいたい、客席の歓声が静まりかけたあたり──ということにします」

「わかったですたい」

みんな泣いていた

なん日目だったか、大詰がきた。開幕を知らせるベルが鳴った。ガヤガヤと騒々しかった客席が、シーンと沈んだ。

幕があがって、とたんにワアーッときて、それが静まったら……と、ソデで待っていたのだが、もう幕はあがりきっているのに、いつものどよめきが、さっぱりわきおこらないのだ。

二人は、走りだす準備に、片足を前に出した前傾の姿勢で待っていた。が、いつまでたっても、声はおこらなかった。篠原森介が出そびれて、ソワソワしだした。

「どうするとですか?」

「おかしいですね」

と、客席のほうをのぞいたら——

みんな泣いていた。三百人近い兵隊が、一人の例外もなく、両手で顔をおおって泣いていた。肩をブルブルふるわせながら、ジッと静かに泣いていた。

「きょうの部隊は?」

「国武部隊ですたい」

「どこの兵隊ですか?」

「東北の兵隊とです」

聞いたとたん、わたしもジーンときてしまった。篠原さんもソッポをむいた。

「出ましょう。やりましょうや」

わたしはヤケみたいに篠原さんの肩をたたいた。はじかれたように、森介はすごい勢いで飛び出していった。わたしも、やはり前のめりで、やみくもにかけだした。もう、ジッとしていられなかった。

篠原さんの森介を相手に、わたしは夢中でハデな立回りを演じた。いつもよりも激しく、気負って刀をふりまわして、ヤケクソで動きまわった。そうでもしなくては、大声で泣きだしてしまいそうだった。斬り、突き、払いながら、わたしの頬を熱いものが、つぎからつぎへと流れ落ちて、雪の上に落ちた。

やっと、客席がわきはじめた。が、それはチャンバラへの喚声だった。東北の兵隊にとって、久しぶりの雪の景色は、声をあげるにしては、あまりにも刺戟が強すぎたのだった。

終っていつものように、隊の将校が挨拶にきた。

「ありがとうございました」

深々と頭を垂れていた。

「ほんとうにありがとうございました。ウチのものは、みんな、雪のなかで生まれて、雪のなかで育った連中ばかりなんです」

そういうご本人も、目をはらしていた。

「都会のかたには、おわかりにならないでしょう。しかし、わたしたちには、望外のよろこびでした。生きているうちに、もう一度、雪が見られるなんて……」

「いや、わたしも、〈弥太ッペ〉で泣かれたのは、はじめてですよ」

わたしは、わざと笑いかけた。

が、その将校は笑わなかった。

「ところで、お願いがあるんですが……」

「ハア?」

「ウチの隊に、もう歩けなくなっている病人が、なん人かおります。そのものたちにも、この雪を見せてやりたいんです」

「どうぞ。いつでも、きてください」

すると、相手の額に影がさした。

「いや、それが……。大変、勝手ですが、あすの朝、見せていただきたいのです」

「朝?」

「ええ。といっても、芝居はけっこうなんです。雪だけ見せてやってくださいませんか?」

「と申しますと……?」

「きょうの舞台を、あすの朝まで、このままにしておいていただけないものでしょうか?」

「いいですよ。お安いご用です」

——つぎの朝早く中山がわたしをおこしにきた。

「班長どの。ちょっと、きてみてください」

宿舎は舞台裏に隣接している。ソデから舞台をのぞくと、パラシュートを敷いた上に、タンカごと二人の病人が寝かされていた。

二人とも、重症の栄養失調患者に独得の、黄色い顔色である。それが、タンカに寝かされたまま、手を横に伸ばして、きのう散らした紙の雪を、ソーッといじっていた。もう力の入らない指先で、つまんでは放し、放してはつまみ、それをノロノロしたスローモーションでくりかえしているのだ。もう表情は失われていた。

見てはいられなかった。

三角に小さく切った、ただの紙っきれじゃないか。さわったって、冷たくはないだろう。手の平のなかで固まりもしなかろう。

「紙じゃねえか。紙じゃねえか」

わたしはわけのわからないことを叫びながら、宿舎へかけもどった。

きのう、「いつでも、どうぞ」と誘ったとき、あの将校が「あすの朝」と指定したのも、もっともだったのだ。

——わたしたちは知らなかったが、終戦が迫っていた。

支隊全員に見守られて

司令官の脚本書き

鈴木司令官が演芸分隊の客員になりたい——といいだした。もっとも、志望は臨時文芸部員である。

「浪曲劇で〈赤垣源蔵トックリの別れ〉をやらんか。ワシが脚本《ほん》を書くがね」

この大佐はお年よりだった。いつもニコニコと品のよい微笑を浮かべた白髪翁で、わたしたちは〃ニューギニアの乃木さん〃と呼んでいた。

わたしは、実のところ、弱ってしまった。脚本は、そう簡単にだれにでも書けるものではない。しかし、せっかくの申し出を、ムゲにことわるのも気の毒だ。

本職の門馬と中山に相談したら、

「書くのは大変だから、口述してくれといったらどうですか？　書かれちまったら、ちょっと手を入れにくいですからね。まあ、口でいったことなら、細工しちゃえばいい」

それは名案である。二人の専門家といっしょに参上した。

「大佐どの。お書きになるといっても、暇がおありにならないでしょう。ですから、口でおっしゃってください。筆記します」

老将は大ニコニコだった。

だが、この人はシンのシャンとした傑物であった。終戦のときの処理などは、実に見事だった。だから、ほんとうは、わたしたちに敬遠されるのがわかっていて、その上でトボケていたらしい。多分、そんな申し出をすることで、演分に関心が強いことを見せて、激励してくださるつもりだったのだろう。

「では、はじめるぞ」

ゴホンとセキばらいをして、口を開いたと思ったら、浪花節の口演だった。口述ではなくて、実際にウナリだしたのだ。

なかなかの名調子だった。中山と門馬が、かしこまって鉛筆を動かしていた。が、のぞいてみたら、ストーリーの要点をメモしているだけだった。

ときどき、鈴木さんは息を入れて、そのたんびに、

「どうだ。早すぎないか？　書きとれるかね？」

と、首をのばした。

二人はあわててメモを手でかくした。

かくて、〈浪曲劇　赤垣源蔵　一幕〉は完成した。

真野狩亭虎太郎が、それに節をつけた。といっても、おきまりの虎造節である。

さて、浪曲劇とあっては、演出はわたしの手におえない。元プロの市川鯉之助こと蔦浜上等兵に、フリをつけてもらうことになった。

久しぶりの節劇に、蔦浜は張りきった。節を口ずさみながら、ここでこうして、ここではどうして——と、しきりに考えている。だが、なかなかフリができないのである。

「どうした？」

と尋ねたら、ションボリして、

「班長どの。おかしいんですよ。節劇ができなくなりました」

わたしはハッとした。

「すばらしいじゃないか。それだけ、きみは本格的な俳優になってきたんだよ。フリはつけなくていいぜ」

けっきょく、〈赤垣源蔵〉は日沼の口演を伴奏にした、ふつうの芝居になったが、けっこうウケた。蔦浜は振付を断念して、源蔵夫人の実家の女中で出た。まったく、かれの進歩は目ざましかった。演劇講座・杉山教室では、いちばんの優等生だったし、わたしのようなものを師匠と仰いで、ほんとうによく勉強してくれた。

名人・小原美術部員

それだけではなかった。みんな、大変な進歩だった。とうとう舞台には立たずじまいになったが、小原美術部の腕のあがりっぷりも、評判のタネであった。

中山の第一回作品である〈国定忠治〉のときは、装置とは思えないような赤城山中をつくってくれた。

無尽蔵にあるジャングルの木のなかから、内地にもありそうな形のを、ジャンジャン切りだしてきて、舞台にコンモリした森を再現した。

本式の芝居で使うハリボテで半分しかない木とは違う。緑の香が匂う新鮮な木立だった。枯れると困るので、まい日、仕込みかえたからである。

下手《しもて》には小高い山があった。忠治のわたしが、そこから降りてくると、滝がある。わたしは水が流れているのではないかとサッ覚をおこした。なんでも、コンベアー・ベルトみたいなものをこしらえて、それをまわしながら、なかから照明をあてたようだった。

やはり中山作の〈坂本竜馬〉では、舞台の端から端へとブッ通して、トテツもなく大きな三条大橋をおっ立てた。その橋の下が剣戟の場所だった。

竜馬のわたしが剣をふるう横には、ボンボリがともり、桜がほころびていた。

この桜が、また実に感じが出ていた。大変な人気だった。

「一枝いただいても、よろしくありますか？」

そういって無心にくる兵隊が多かった。

「いいよ。どうせ、つくりかえるんだから……」

と許可すると、かれらは大事そうに頭上にかざして、持っていった。

遠景は円山だった。

小原は京都人だ。この装置をつくるときだけは、珍しく、いくらか楽しそうにしていた。

しかし、できをほめると、

「そうですか」

ニベもない返事で、殻を閉じた。

〈一本刀土俵入〉は、芝居のほうも、うんと本式に演出してみたが、装置もキチンとしたものだった。

第一場の「我孫子の宿」の我孫子屋では、高いタッパを生かして、二階までつくった。叶谷のお蔦が窓から見おろして、

「あアあ、二階の窓から景色を見るなんて、思いもよらなかったよ」

と、大いに役得を満喫した。

それにしても、全支隊を仰天させたのは、〈浅草の灯〉の「浅草公園」のシーンであった。ヒョウタン池のほうから、六区を見た形になっていた。

手前には藤棚がある。そのむこうが池の水面だ。遠景はミニアチュアの劇場がズラ

ッと軒をならべている。夜空の一隅には、「十二階」もそびえていた。大正時代の風景だ。

それらの建物の窓は、ひとつひとつに灯がともされた。その灯がゼラチンの操作(?)で、池の水面にチラチラとゆれて、バックのホリゾントに仕掛けた満天の星と、目を見合わせていた。

小原は浅草をまるで知らない。オペラ館にいたことのある今川と浅草ッ子のわたしが、脱線ばかりしながら、浅草の夜景をしゃべり散らすのを、横でブスッと聞いてデザインしたのであった。

できあがったのを見て、当の今川とわたしが舌を巻いた。

第二景の「金星座の舞台」は、小屋全体を舞台に想定して、劇中劇の形をとった。つまり、「マノクワリ歌舞伎座」の舞台が、そのまま「金星座」の舞台だった。

そのとき「聖天の仙吉」というスリに扮した日沼は、はじめ客席にかくれていて、途中で舞台に飛びあがる役まわりだった。

「ウチの芝居を、はじめて客席から見ましたがね、大した装置ですよ。いつも舞台に立っているから、それがわかんないんです。いやあ、大したもんです。すごいですよ」

感激すると、とめどもなくなる癖を出して、しきりに力説したものだった。

「暖流」のできるまで

そういえば、わたしたちは、だれも自分の座の芝居を見たことがなかった。いつもフル・メンバーだったし、出場《でば》のない幕のときでも、なにかしら仕事があった。表と裏を分けてなぞいられなかったのだ。

まったく、わたしたちは全知全能をしぼった。記憶というもののたよりなさが、たまらなくイマイマしかった。なにもない戦地では、たしかな記憶を持っている人が貴重だった。ことに、演目をえらぶときにそうであった。

だから、わたしたちは脚本や原案を公募していた。応募の数は、けっこう多かった。しかし、使えるものはあまりない。

〈暖流〉は、そういう外部の援助から生まれた珍しい作品であった。

司令部にいる軍属で、高橋さんという人が火つけ役だった。分隊を訪ねてきて、

「この脚本を上演してもらえませんか？」

もうできているのだ。

「なんでしょう」

「〈暖流〉ですよ。わたしは、あの映画が好きでしてねえ」

あの映画とは、岸田国士氏の小説を、吉村公三郎監督が映画化した名作である。若き日の佐分利信、高峰三枝子、水戸光子さんたちが主演していた。

高橋さんは支隊特別食糧班の親分だ。司令部のおエラ方たちに、バナナやイノシシの肉などのスペシャル・コースを調達するほうの大将である。いままでにもチョイチョイお世話になっているので、

「ぜひ、やらしていただきます」

と、即答したのだが、読んでみるといけない。念のために門馬に見せて、

「きみ、なおせるかい？」

と聞くと、ハッキリと首を横にふる。

わたしたちは頭をかかえた。

が、どんなときでも、救い主はいるものである。坪野さんという軍医大尉が、ブラリときてくれた。

「〈暖流〉をおやりになるそうですな」

ともかく、演分についての情報は四通八達なのだ。

「いや、それが、まだ……」

「聞きましたよ。司令部の軍属が脚本を持ちこんだけれど、杉山大尉が、とても使えない——とサジを投げたそうじゃありませんか」

いやはや、なにもかも筒ぬけである。しかし、ボツにしたのが杉山さんになっているのだけは、間違いだった。が、この誤伝はわたしにとってはありがたい。

「まあ、そんなところですが……」

そうお茶をにごしたら、

「わたしのも、その程度かもしれないんですがね」

と、原稿らしいものをとりだした。

「ただし、脚本ではないんです。恥を申しますと、わたし、あの映画には気違いでしてね。なん十回も見ているうちに、すっかり覚えてしまったんです。で、それを書いてきたわけなんですよ」

見せてもらって、アッとおどろいた。

それはほとんど完全な映画〈暖流〉のシナリオになっていた。シーンのうつりかわり、カットわり、登場人物の動き……セリフはむろんのこと、場所や小道具まで書き入れてある。

門馬も一見して、

「ああ、これなら十分です」

――だから、〈暖流〉を上演したときのプログラムには、お尻に注釈がついていた。

「本篇は、第一大隊坪野軍医大尉の映画の筋の記憶に依り、加藤・門馬が構成・脚色せるもので、尚、支隊の高橋雇員より、種々参考を得た事を附記す」（原文どおり）

日本の波を歌う

支隊全員から温く見守られ、ささえられて、演芸分隊は育っていった。わたしたちは、演芸分隊だけのわたしたちではなかった。七千人の将兵と一心同体だった。だから、みんな真剣で熱心だった。

今川がつくった〈浅草の灯〉と〈暖流〉の主題歌は、ジャングルじゅうをフウビした。

如月寛多こと青戸も、分隊にはなくてはならない清涼剤だった。底ぬけに明るくて、人をよろこばせることに無上の幸福を味わうらしいかれは、全員が疲れきっているときには、自分だけが立ちあがって、おどけた話でみんなの気をひきたてたり、傑作な手品で笑わせたり、本職の腕前をふるって、野草を材料にしたフランス料理（？）のようなものをつくってくれた。

叶谷は、まったくよくやった。役者、地方《じかた》、音曲師、カツラ屋……それに、黒いドレスなどを着こんで、歌謡曲も唄った。そんないそがしい日程のなかで、

「班長どの。お恥ずかしいんですが、わたしの曲を聞いていただけませんか？」

といって、わたしを讃嘆させたことがあった。

「いつの間に作曲したの？」

「ここ、ずっと考えていたんですよ。なんとか、まとまったようなんです」

それは〈波〉と題された新曲だった。マノクワリの岸に打ちよせるメラネシアの波ではなく、内地の海辺で遊ぶ日本の波を歌ったものであることを、かれの奏でる三味線がハッキリと物語っていた。

すっかり厳粛な気持にさせられたわたしは、その曲にフリをつけさせてもらった。

あとで、「新感覚ショー・光と影」を上演したとき、わたしは少しシブすぎるかとも思ったのだが、この日本幻想曲〈波〉をプログラムに加えた。叶谷は和文次にもどり、端坐して愛器を奏でた。わたしは白地のキモノにハカマ姿で、入隊の前夜、姉から贈られた舞扇をかざして舞った。

叶谷の三味線は、もう乾パン箱のブリキではなくなっていた。かれは、さんざん工夫したすえ、パラシュートの布地を生かす方法を考えたのだった。

寸法に合わせて裁ったパラシュート地に、タピオカの澱粉でつくったノリを、丹念に塗りつける。それを天日に乾かすのだ。すっかり乾いたら、またノリを塗る。これをくりかえすと、布とは思えないほど腰が強くなる。そうなったら、ビョウでていねいに胴に張るのだ。

ブリキよりは、ずっと音が深くて、さえて響いた。

「もう安心ですよ。いくら破れても、無限に張りかえられますからね」

絃は三種とも、まだストックがあった。

日沼もオール・ラウンドだった。わけても、針金細工という特殊技能は、重宝された。

マタタビものの三度笠、〈赤垣源蔵〉のトックリ、女形たちの装身具……なんでも、かれの無骨な指にかかると、アッという間もなく生産された。

篠原曹長――和尚はほんとうに大物だった。

芝居には、どうしてもカタキ役がつきものである。「マノクワリ歌舞伎座」では、だれもが悪役につくのを嫌った。支隊全員の気持のシンバリ棒を勤めている演分の隊員は、役柄と個人の人格を混同される可能性にさらされている。

悪役は、うまく演じれば演じるほど、観客からにくまれるのだ。まったくの損役だった。みんなが尻ごみして、配役が難航しているとき、

「わたしでよかでしたら……」

と、もうきまっていた役をおりてまで、カタキ役を志願するのが、この僧正だった。

悪役ばかりではない。どうでもいいような端役を買って出るのも、篠原曹長なのであった。

そんな隊員の上にアグラをかいていると、わたしはついワンマンになりそうなので、大いに自戒した。

空襲は、まだまだあった。劇場用に、前のパンの木のテッペンに対空監視哨ができ

ていて、当日、観覧部隊から監視員が出た。番にあたった兵隊は、たいてい、舞台と空とを七分三分ににらんでいた。むろん、舞台が七で、空は三である。

上演中にも、よく、

「待避ーッ」

がかかった。舞台から飛びおりて、扮装のまま横の谷間の壕へ逃げこむ。

中止したときのセリフが、

「ぜんたい、おめえは……」

だったとすれば、警報が解除されたときには、また、

「ぜんたい、おめえは……」

からはじめた。

そんなことには、みんな、なれっこになっていた。うまいものだった。

デザイナー隊長の加入

現代劇に進出す

話は前後するが、演分が時代劇専門から、現代ものもやるようになったのは、海軍とのおつき合いがきっかけだった。

ある日、分隊に珍客があった。部下を二人つれた海軍士官だった。

「お願いがあって、まいったのですが……」

わたしたちと似たような生活をしているはずなのに、きれいな服を着て、どことなくシャリッとしていた。食べもののせいなのかもしれなかった。

支隊でも、将校たちは海軍さんと交際があった。杉山大尉もその一人で、状況がま

だよかったころには、よく、

「海軍にお呼ばれしたら、デザートにアイス・キャンデーがついたよ」

なんていって、よくわたしをひがませたものである。

陸軍に、もう食糧がなくなって、コケをなめていたような時期でも、海軍はそう困っていなかった。たのみさえすれば、イモの葉っぱやヘタくらいなら、いくらでもまわしてくれた。

「お願いって、わたしどもにできることでしょうか?」

そう問いかえしたら、

「あなたでなくては、ダメなことなんですよ。よろしかったら、女のカツラと小原さんを貸していただけませんか?」

わが演分の〝名声〟を聞いて、海軍でも演芸会を開くことになったのだそうである。

秘伝のカツラはともかくとしても、小原もえらくなったものであった。

「いいですよ」

長くは困るので、一日だけ小原を派遣した。カツラは当日、持っていくことにきめた。

会場は海ぞいのガケ下にある倉庫だった。上演は夜であった。わたしたちは、その夜だけ稽古を休みにして、全員で見学にいった。

が、あとになってみれば、夜間公演は、ひそかにわたしたちが心配したとおり、失敗だった。三日目に、明りをねらわれて、猛烈な爆撃を食ったのだ。運悪く、海軍の司令官が戦死した。

——演芸のできは、どうということもなかった。が、しかし、わたしたちを考えこませたのは、曲りなりにも、現代ものの芝居をやっていたことだった。

現代の男女があらわれて、

「ねえ。どうしたのよ？　あなたァ」

「いや、ぼくはなんにも……」

そんなやりとりをするのを見たとき、やはり、ピンとくるものがあったのだ。

わたしは隣の席にいた篠原曹長に、

「やっぱり、近しい感じがしますね」

と、ささやいた。

「そうですたい。わたしも、いま、オヤッと思ってたところですと」

和尚もおなじ気持だった。

わたしがそれまで時代劇ばかりやってきたのは、なにも自分が前進座の役者だからではない。わたしにはわたしなりの計算があったのである。

演芸分隊をはじめたころ、杉山大尉と話し合ったことがあった。

「やっぱり、はじめは時代劇でしょうね」

「入りやすいものね。当分は、そのほうがいいだろうな」

「ボロがかくせますから……。そのうち、おいおい、現代ものにも手をつけます」

二人のつもりでは、セリフにも動きにも、ある程度の型がきまっている時代ものなら、初心者ばかりのメンバーでも、なんとかコナせるだろう――と計算したのだった。

が、それから、もう一年近くたっていた。わたしは、本式の芝居をねらうあまり、現代劇に手を伸ばすチャンスを見逃していたようである。

海軍の演芸会で、ズブのシロウトが、こわいもの知らずで敢行した現代ものには、現代というだけで立派な迫力があった。

帰りの夜道を歩きながら、わたしは篠原さんとそのことを話してみた。

「そろそろ、やる時期がきているようですね」

「ええ、そのかわり、加藤さんは大変になるとですな」

数日後、わたしは村田大尉から呼ばれた。

「どうだろう。現代劇をやらんかね」

やはり、海軍のウワサを聞いていたのだ。

「実は、そう思っていたところなんです」

つい、いいわけみたいな返事になった。

現代劇の場合、最大のガンは女のドレスだった。わが〝お玉ちゃん〟テーラーは、和裁も一人前になってはいた。が、かれは、もともとが、紳士服の仕立屋である。駒形茂兵衛のシマの合羽は縫えても、現代女性の洋装はムリであった。

敗戦のショック

門馬がオリジナルの現代ものを手がけている最中に、やたらと空襲が激しくなった。一段落して、ホッとしたとき、もう戦争は終っていた。

日本は無条件降伏したのだった。皮肉なことに、日露戦争の戦勝劇〈号外五円五十銭〉をやっている矢先だった。

発表があったのは、二十年八月十五日の数日あとであった。

負けたということと、船がくるまでは、いまの場所にジッとしていなくてはいけないということと、それだけしかわからなかった。

百年戦争のむなしさに、お先まっ暗の不安がとってかわった。

「もう、芝居どころじゃないねえ」

「戦争に負けたんだものな」

シュンとしているとき、また、村田さんから呼び出しがあった。

「演芸は終りだなぞと、いっているそうではないか」

「ハイ。降伏したのでありますから……」

「違う。これからは、兵隊たちの気持に、ますますメドがなくなるときだ。演芸でつなぎとめるしか、方法がないじゃないか」

なるほど――と思った。いままでとちがって、これからは生きて帰れるというのぞみはできた。が、同時に、それがいつかわからないという焦躁感もともなうのだ。いままでもポツリポツリと戦友が死んでいく毎日だけに、村田大尉のコトバは胸にしみた。

「では、隊員にそう申しましょう」

しかし、門馬の現代劇は、まだできあがっていなかった。しかたなく、〈号外五円五十銭〉をつづけるよりしかたがない。いかんせん、日露戦争で、日本が旅順を陥落させたときの景気のいいストーリーである。

「現に、いま、日本が負けたところなのに、戦勝の芝居とは、どんなものかねえ?」

そういう声もあるにはあった。

だが、キッパリとこの演目を支持したのが篠原曹長だった。

「逆療法でおもしろいですたい。こういうときには、気持をひきたてる芝居がよかです」

なんとなく身の入らない役者のなかで、〝叡山の悪僧〟だけが、いつもと変わらない態度で、堂々と演じた。

芸名禁止令

門馬の〈涯しなき銀河〉がやっと脱稿した。「マノクワリ歌舞伎座」にとっては、はじめての現代ものである。〈五円五十銭〉にウンザリしていた連中は、「待ってました。それいけッ」とばかり張りきった。

この回から、配役表の顔ぶれが一変した。といっても、メンバーが変わったのではない。芸名を使っていたものが、ぜんぶ、本名にもどらせられたのだ。マノクワリ芸名だけでなく、以前からその名で舞台に出ていたプロまでが、ステージ・ネームをやめてしまった。杵屋和文次も市川鯉之助も、及川一郎も市川莚司も、みな番付から姿を消していた。

なぜ、こんなことになったのか？——知っているのは村田大尉とわたしの二人だけであった。

この公演の前に、わたしは村田さんに呼ばれた。

「われわれは、ひょっとすると、内地へ帰れるかもしれないよ」

「ほんとですか」

身を乗りだしたら、

「まあ、その話は、いずれ改めてしよう。多分、可能性はあるだろう。ところで、きょう、きてもらったのは、べつの用件なのだよ」

「ハア？」

「青戸伍長のことなんだがね……」

村田さんは、青戸が如月寛多を詐称するのを、もうやめさせようと考えていたのだった。

ニセ如月寛多を許可したのは村田さんであった。それは、マノクワリ支隊がここでノタレ死にしてしまうと予想した上での決断だった。が、いまや、われわれは国へ帰れるかもしれない。となると、ニセモノを如月寛多のままで帰すわけにはいかないのだ。内地には、ホンモノの如月さんがいる。わたしとしては、顔を合わせる機会もあるだろう。そのとき、ニセモノに詐称を許していたとなっては具合が悪かろう――村田さんはそこまで読んでいた。

「ところがねえ、青戸だけ本名にもどさせたんでは、みんなに怪しまれるよ。そうなったら、いつかはバレるかもしれない。可哀そうじゃないか。あんなに一生懸命やってきたんだものねェ。そこで一計を案じたんだ」

それが、敗戦を機会に、全員の芸名を一律に禁止するという手であった。

「少し不自然な感じがしないでもないが、まあ、しかたがないだろう。それで、青戸が傷つくのを防げるものならね」

どこまで、気のまわる人なのだろう――わたしは、心から頭がさがった。

「よく、わかりました。その命令は、わたしが伝達します」

女の衣裳がなっとらん

本格的現代劇〈涯しなき銀河〉が幕をあけた。〈一本刀土俵入〉といっしょだった。通信隊が見にきたときである。終ってから、隊長の細野大尉がブラリと楽屋にあらわれた。この人とは、前から顔見知りだ。中肉中背だが、キリッとした将校であった。

「加藤軍曹。現代ものもいいが、女の衣裳がなっとらんね。あれでは、感興がわかんよ」

いちばん痛いところだった。せっかくの叶谷や斎木たちも、アッパッパまがいのドレスでは、さっぱり見ばえがしなかった。

「なんにもないのかい？」

「そうなんです」

「フーン。生地はあるんだろ？」

「宣撫用の安物ならあります」

「海軍には、いい生地がいっぱいあるよ。いって、もらってきとくんだね」

余計なお節介だと思った。

「ま、いいや。当座の間に合わせだけ、つくってこうか」

なにをいっているのか、意味がとれなかった。

「なんのことですか」

と、気のきかない質問をしたら、

「オレがつくってやる——といってるんだよ」

わたしはアッケにとられた。この精悍な将校は、いったい、女ものの洋装と、どんな関係があるというのだ？

「メジャーあるかい？」

「エッ？」

「モノサシだよ」

あわてて、だれかがとってきたのが、竹のモノサシなのを見ると、

「違う。テープのはないか？」

「そんなのありません」

「じゃ、そのモノサシで測って、ヒモに刻み目をつけてくれ。一メートル五〇ぶん

だ」

聞いているうちに少しは当てになりそうな気がしてきた。ダメでもともとだ。もし、少しでも知識があるのだったら、めっけものじゃないか。

速成の巻尺ができあがったら、サッとうけとって、

「女形、こっちへこい」

叶谷と斎木がヒョコヒョコと前へ出た。つぎつぎに、二人のからだのあちこちを、ヒョイヒョイと測って、

「よし、もういい」

あんまりアッケないので、ちょっと気が抜けた。

「倉庫は?」

「隣です」

「案内してくれ」

カギを保管しているのはわたしだから、浮かぬ顔でついていった。色ものの無地やプリントが、原反で積んである。大尉はスタスタと歩きまわりながら、二つ引きだした。

クルクルッとひろげて、床においた。と思った瞬間、そこにあったハサミをとって、いきなり、スススッと切ってしまった。筋もなにも引いてないのである。

あまりの早業に、わたしはふしぎな気分になっていた。

「細野大尉どの。大変、失礼ですが、どうして、そんな……?」

遠慮しいしい質問したら、くだけた眼つきをして、

「オレかい? オレは女もののデザイナーだもの」

疑ったりするほうが愚かだったのだ。

「あーあ、久しぶりで生地にハサミを入れたら、スッとしたよ。ついでだから、縫っていくかな。ミシン、どこ?」

できあがったワンピースは、分隊員をワアッと叫ばせるに十分な、ホンモノの女の衣類であった。

細野さんは、こうして演分の客員になった。

わたしたちは、もう爆撃を心配する必要もなくなったので、海岸のほうまで走りまわって、現代劇に役立ちそうな資材を拾い集めてきた。空家になったまま、半分こわれてしまっている「南洋興発」の社宅や、以前、海軍にいた看護婦の宿舎などには、

けっこう貴重な遺留品があった。

ハイ・ヒールを発見したときの歓喜は、ひとしおだった。

そして、いつか叶谷が肉を犠牲にして手に入れてきた馬のシッポが、いよいよ役に立った。

このやわらかい茶色の毛は、バナナの繊維などと違って、ふくよかな柔らかみを持っていた。息を吹きかけると、フワーッとなびいた。

現代もののヘアスタイルはこれでなくてはいけないのだ。

「兵器廠でアイロンをつくってもらうかな？」

叶谷は息ごんでいた。

ワイが女になるんや

プロンパンを出せ

さあ、困ったことになった。

相手は鼻息も荒く、てんでに持った剣つき鉄砲を、こっちの胸に突きつけていた。いくら説明しても、聞き入れてはくれないのだ。

黒光りのする肌にひきたてられて、ことさらに光る白眼を怒らせて、口々に、

「プロンパンを出せ」

「プロンパンをかくすな」

もう、それの一点張りだった。

「プロンパン」とは、パプアのコトバで「娘」のことなのだ。

さっきから、わたしたちは、なん回くりかえしたことだろう。

「きみたちに、きのう見せてあげた芝居に出ていたプロンパンは、ホンモノのプロンパンではない。ここにいる日本軍人が女装していただけである」

わたしたちは証拠品として、叶谷、斎木、長束をかれらの目の前に立たせてあった。しかし、パプア兵どもは、どうしても納得しないのだ。むこうも根気よく、

「ウソをつくな。きのう見たのは、ほんとうの日本プロンパンであった」

そうくりかえすばかりである。

——二十年十月、マノクワリに連合国軍が上陸してきた。直接の進駐軍はイギリス陸軍であった。それにくっついて、前にマノクワリのオランダ軍司令だったP少佐も、インドネシアの下士官や、パプアの兵士をつれて、帰ってきた。

イギリス軍の隊長は、とても理解のある人だった。上陸してすぐに日本軍の陣地を視察したとき、「マノクワリ歌舞伎座」に目をとめて、

「これだけの設備があるのに、なぜ、中絶しているのか?」

「進駐軍の命令を待っているのです」

と答えると、考えこんでいたが、やがて、

「マノクワリ歌舞伎座は興行を続行すべし。ただし、連合国軍将兵の観覧を妨げざること」

と、命令を出してくれた。そして、P少佐がどうしても日本人にいい感じを持てないでいるのを押さえて、

「オランダから接収したピアノも、そのまま使ってよろしい」

と、寛大な処置をとった。

わたしたちの説明で、演芸が日本軍の生活そのものであることを、よくのみこんでくれたからだった。

連合国軍といえば、パプア兵もその一員である。オランダ人は将校数人だけで、インドネシアの下士官とパプアの兵士を連れてきていた。つまり、パプアはオランダ軍なのだ。というわけで、その前日、芝居や手品などを見せたばかりであった。

女形の種アカシ

うっかりすると、パプア兵たちは刺突をやりかねない剣幕を見せていた。

「早く、プロンパンをつれてこい」

押し問答がくりかえされるばかりである。これでは、いつまでたっても、ラチはあかない。

と、長束が口をきった。

「こうなったら、だれかが、きのう舞台にいたプロンパンと、同一人物であることを証明してやるより手がないじゃないですか」

「そうはいうけれど、どうやって証明するんだ?」

日本人同士が日本語で話をしはじめたものだから、パプアはいっそうカッとした。

「早く、プロンパンを出せ、出せ」

それに浴びせるように、長束が、

「うるさいヤッちゃ!　待ってけつかれッ」

相手に通じるはずもない大阪弁で、叱りつけてから、

「ワイが女になるところを、実演して見せたるわ」

かれはパプア兵たちに、「こっちへこい」と手招きした。

「オー、バッグス」(よろしい)

長東がプロンパンのところへ案内してくれる――と思ったのだろう。かれらはニッと白い歯をむきだした。

長東が連中をつれていったのは、むろん、楽屋だった。

この日本男性は、まずフンドシ一丁の姿からスタートして、メーキャップ、カツラ、着付と、手ッとり早くまとめて、プロンパンに早変わりして見せた。

パプア兵たちは、あきれたようすで、おとなしく帰っていった。

マノクワリは水の豊富な土地だった。イギリスの軍艦が、よく淡水の補給に寄港した。わが演芸分隊のウワサを聞き伝えているのだろう。上陸すると、きっと劇場にやってきた。

外国人には、芝居よりは、音楽、舞踊、手品などがむく。かれらがきたときには、そういう幕をとくに追加した。

青戸は、お得意の手品がウケるので、わざわざ仕掛をつくりかえた。

叶谷は、かれらには珍しい三味線で、アイルランドの民謡を弾いたりした。水兵たちは大さわぎで合唱をはじめた。

今川や原、佐々木たちの奏でる音楽に合わせて、タップ・ダンスを踊りまくる陽気な兵隊もいた。最後は、叶谷の伴奏で「埴生の宿」の大斉唱になった。

終ると、連中はわたしたちを誘って、客席で宴会を開く。持ってきたレーション(携帯口糧)やウイスキーは、わたしたちにトテツもない珍味だった。かれらの希望で、三人のレギュラー女形は女装のままでお酌を勧めた。

和気アイアイの交歓が、どれほど接収業務をスムースにしたことか。わたしたちは直接には知らなかったが、司令部の幹部たちはしきりに感謝していた。

平和工作ニ一役

十一月二十日には、蘭印進駐軍の准士官以上三十名が、団体でやってきた。篠原曹長は、その夜、日誌にこう書いた。

「殊ニ女装ノ姿ニハ、進駐軍モアット言ツテ讃賞シタ。是ニ依ツテ、今後、軍ノ否平和工作ニ一役買ツタノハ、我演芸分隊ノ誇トスル処デアラウ。尚、今後、月ニ一回ハ蘭印軍ヲ招待シテ、親善ヲ計ル事ニナルサウダ。我演芸分隊ノ使命、益々重大ナルモノガ有ル。終戦業務ノ順調ニ行クモ行カヌモ、我等ノ演芸工作ニ依ツテ幾分カ支援スル事ヲ信ジル」(原文どおり)

むろん、篠原さんだって、演分が、ただ、進駐軍のゴキゲンをうかがうだけのゴマスリ屋になってもいい——と思っていたのではあるまい。きっと、みんなが無事に復員するためには、さしあたって、そうしたほうが好都合だと判断していたのだろう。

なにしろ、和尚は大人だった。

「芸者のマネなんかイヤだ」

とダダをこねるよりは、さりげなく笑ってお座敷に出るほうを選んだのである。

この直後、司令部にとっては、すばらしくうれしいニュースが入った。

もとオランダ軍司令P少佐が、

「わたしにも、『マノクワリ歌舞伎座』を見せてもらいたい」

と通告してきたのだ。

終戦処理のために、正式に赴任してきた馬場少将は、ホッと胸をなでおろしたようだった。

P少佐だけが演芸分隊を白い眼で見て、それまで、よりつこうとしなかったからである。つまり、少佐は接収業務のガンになっていた。その少佐が、むこうから観覧をたのんできたのだ。司令官としては、明るい見通しがついたと判断したのだろう。

▲（右）蔦浜助夫氏　（左）滑川光氏

「一本刀土俵入」のプログラム

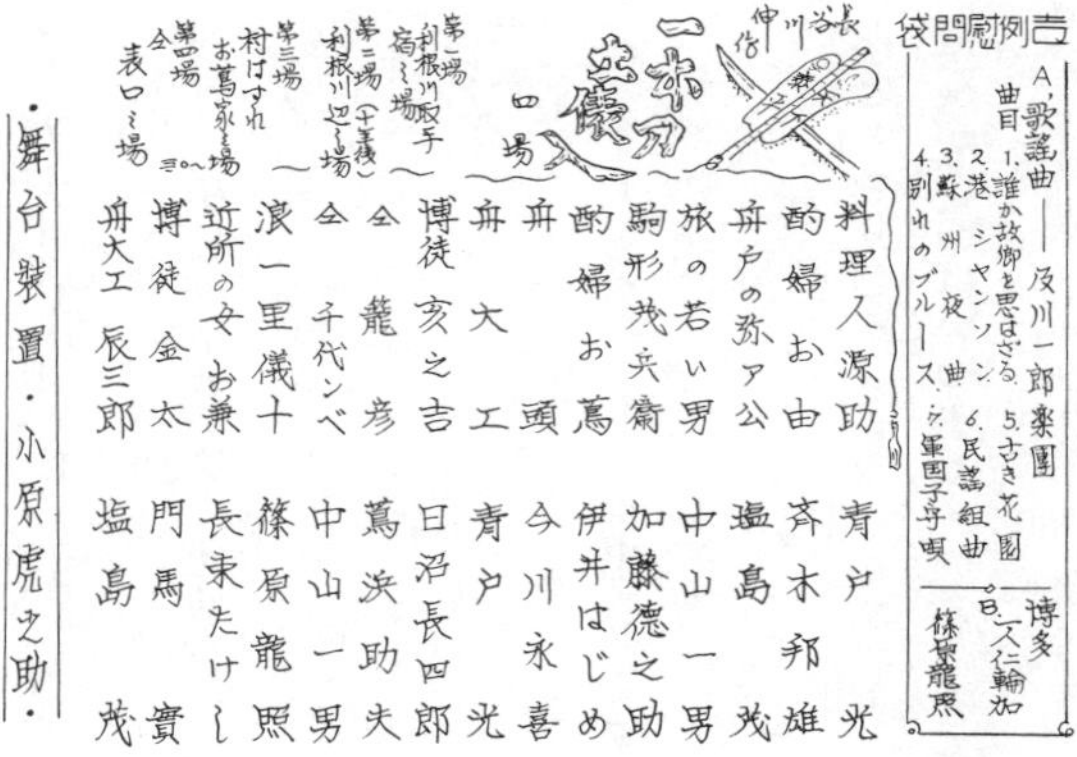

吉例慰問袋

A、歌謡曲―及川一郎楽園
曲目 1.誰か故郷を思はざる 2.港シャンソン 3.蘇州夜曲 4.別れのブルース 5.古き花園 6.民謡組曲 7.軍国子守唄

B.一人仁輪加―博多
篠原龍照

一本刀土俵入 四場
長谷川伸作

第一場 利根川取手宿ゝ場
第二場（十年後）利根川辺ゝ場
第三場 村はずれお蔦家ゝ場
第四場 仝 表口ゝ場

料理人源助　青戸　光
酌婦お由　斉木邦雄
舟戸の弥ア公　塩島　茂
旅の若い男　中山一男
駒形茂兵衛　加藤徳之助
酌婦お蔦　伊井はじめ
舟頭　今川永喜
舟大工　青戸　光
博徒亥之吉　日沼長四郎
仝　龍彦　蔦浜助夫
仝　千代ンベ　中山一男
浪一里儀十　篠原龍照
近所の女お兼　長束たけし
博徒金太　門馬　實
舟大工辰三郎　塩島　茂

・舞台装置・小原虎之助・

むろん、わが分隊は接客にばかり明け暮れしていたのではない。劇場は連日開かれて、つぎつぎと新作を発表していった。むしろ、芝居がレールに乗ったのは、終戦のあとであった。〈一本刀土俵入〉〈転落の詩集〉〈浅草の灯〉〈父帰る〉〈相馬の金さん〉〈花嫁寝台列車〉〈暖流〉などが、みなそうだった。

パプア人の勘定

パプアは人なつっこい種族である。

青戸はかれらの神さまであった。かれがシルク・ハットからニワトリを出したとき、

「その帽子をゆずってくれ」

という注文が殺到した。

胴切りの仕掛には目をみはって、恐ろしそうにあとずさりした。また、パプア人は繊維製品をとてもほしがった。経理部の倉庫に、原反がいっぱいつまっていることを、とっくに知っていて、タバコとの交換をせがんだ。

わたしたちはタバコがほしい。パパイアの葉を乾かして刻んだ代用品には、もうあ

きあきしていた。

取引としては、ちょうど都合がよかった。が、生地は兵隊たちのものではない。

「なんとか、ならないでしょうか?」

そう泣きついてくる奴が多かった。わたしも、なんとかしてやりたかった。しかし、わたしはカギの保管係だ。自分から進んで、出してやるわけにはいかない。

「オレがカギを身につけていないことは、みんな知ってるだろ?」

苦しまぎれに、おかしなことをいったら、さっそく篠原さんが、

「そうだ。だから、みんなは、生地ばなくならんごと、できるだけ気をつけねばいかんたい」

と、うまいことをいった。

生地とタバコの物々交換がはじまった。パプアの勘定のしかたがふるっていた。手の平を上にして、腕をまっすぐに伸ばす。そして、その上に、ソロリソロリと、タバコを横にしてならべるのだ。

「その生地がほしい。ここからここまでのタバコでどうだ?」

そういって、指先からヒジの折り目までタバコをおいていく。

すると、兵隊は、

「ここまでじゃないとダメ」

と、肩のつけ根を指さして、値切るのである。

そんなノンビリしたパプアでも、青戸とだけは、かえっこをしようとしなかった。

「トアン（旦那）とはイヤだ。うちへ帰るまでに、生地が消えてしまう」

しかし、かれは尊敬されていた。日本人の行動は、ある地域にかぎられていたのだが、青戸だけは、銃剣を持った衛兵から、

「オー、トアン」

と、通行を許された。

魚をとりにいく兵隊は、いつも青戸をつれていきたがった。これも〝終戦業務の順調化〟のひとつであった。

馬場少将も演劇分隊には熱心だった。

「もう空襲はないんだから、夜やったほうがいいね。いくらか涼しいだろうし、照明効果があがるだろう」

僻地の司令官などにされる人は、どこかにシットリしたうるおいを持っているもの

らしい。そのために、出世コースを走れないのだろうか？

いくら終戦後だといっても、まだ軍隊にいるわたしたちに、髪を伸ばすことを許したのも、この将軍だった。

「坊主頭の二枚目なんて、不自然じゃないか。きみたちのやる芝居には、どうせ、軍人なんか出てこないだろう？」

これはありがたい心づかいだった。仕合わせなことに、演分には理髪師の長束がいる。現代劇の味は、グンとよくなったはずであった。

ただ、復員すれば坊さんにもどる篠原さんだけが、ちょっと考えていた。が、それもほんのしばらくで、

「刈るのは簡単ですたい。伸ばすには時間ばかかるばってん」

と、アッサリと長髪族に踏み切った。

「マノクワリ歌舞伎座」は、周囲のジャングルを切りはらって、増築工事にかかっていた。客席をもう百人ぶんばかりひろげるためである。

「収容人員を多くすれば、観覧部隊の回転が早くなるだろう。そうなれば、見る間隔がせまくなって、みんなには楽しみがふえるだろうからね」

これが馬場少将の意見だった。

この機会に、わたしはホリゾントを改造してもらった。小原の才能が、フルに発揮されるためだった。かれの装置は、もう友禅意匠家の余技なんてものではなくなっていた。

現代劇がふえてから、かれの負担は重くなった。ゴマカシがきかなくなったからであった。

パッと敬礼、サッとくる

それにしても、わたしたちは、いい上官に恵まれた。

通信隊の隊長というえらい人が、演芸分隊の衣裳係にきてくれたのも、司令官の援助があればこそだった。

つくってもらいたいものがあるとき、わたしたちはソッと村田大尉に耳うちするのである。すると、村田さんは司令官に、またコショコショッと伝えてくれる。と、つぎの日あたり、

「通信隊長・細野大尉は、×月×日より×日までの×日間、支隊演芸分隊に協力のた

め、司令部に出張を命ずる」

と、司令官命令が出るのだ。

そこで、一見しかたなさそうに、細野さんは中隊副官を呼びよせる。

「隊長は×日間、演芸分隊に出張する」

パッと敬礼させ、パッと答礼して、サッと劇場へきてしまう。そうしておいて、演分ではセッセとミシンを踏んでいた。

細野さんの手にかかると、フリー・ハンドでジャジャジャッと切った布っきれが、またたく間に、デンとした洋服に化けた。

女ものばかりでなく、男ものもできた。エンビ服もモーニングも、みんなそのデンで、型紙も使わず、線も引かずに、アッサリ仕立てあげられた。

細野部隊の曹長が、よく連絡にやってきた。おもてで、わたしたちに会うと、

「ウチの洋服屋いますかァ？」

などと、ひどいことをいう。が、いざ、顔を合わせるときは、キチンと服装を点検してから、

「隊長どのッ。××曹長まいりました」

うって変わった厳正さなのだ。それを指摘したら、

「あんたがたには甘いらしいけど、隊では、なかなかショッペエんですよ」

演分は、こうして充実していった。

舞台稽古の立会人も、キチンときまった。村田大尉、杉山大尉、海軍の岡田報道班員、それにわたしの親友の防疫給水部の草野軍曹と、病院の勝村曹長である。この二人はファンの声のバロメーターというわけで、いまのコトバならモニターの役だった。このメンバーが、演分の方向について、さかんに意見を戦わせた。

――顧問の杉山大尉は、だしものを高いほうへ持っていこうと努力していた。ときどき、きてやる演分への講義もむずかしくなった。

「遠からず、内地へ帰るんだからね。ジャングルぼけでは通用しないぜ」

そこまで考えていた。観客に対してもおなじ気持だった。観劇を教養に結びつけようとつとめていた。

プログラムに解説がつくようになった。作者紹介の記事もついた。

「菊池寛氏は人も知る文壇の大御所。〈父帰る〉は氏が若き日の作品。本編に依り世間にその存在を認められた所謂出世作にして、今尚、舞台に浪曲に上演されて居る」

「岡本綺堂氏は明治・大正の生んだもつとも偉大な戯曲家と言はれ、大正・昭和の劇壇の人気をさらつた。代表作〈修善寺物語〉の如きは、各国語に訳され、各所で上演されて居る。昨年、当舞台で上演した〈権三と助十〉も氏の名作の一つで〈相馬の金さん〉も亦、有名作品で、しばしば大劇場で上演されて居る」（原文どおり）

が、こうなるにつれて、演芸分隊のなかにも、ついていけなくなるものがあらわれた。

「このごろ、如月寛多にさっぱり役がつきませんね。どうかしたんですか?」

一部から、そういう声が立ちはじめた。名前は青戸光に変わろうと、〝如月さん〟がいい役をやらないのは、たしかにヘンな話だった。

青戸自身も、そんな評判を気にしているように見えた。

「どうしたものでしょう?」

いつものように、村田大尉のところへ相談にいったら、

「そうだねえ。ほかの芝居にさしつかえない程度に、人間をやりくりして、青戸を主役にしたアチャラカを、一本つくってやるか。よろこぶ観客もあるだろうからね」

〈まげもの・ナンセンス　東海道日本晴〉は、そういういきさつで生まれた。青戸は主役「森の石松」に扮して、楽しそうだった。

蛍の光

芝居は〝竹の節〟

「マノクワリ歌舞伎座」はグングン脂がのってきた。まわり舞台にしようかと、具体的な研究もはじまっていた。

生きて帰れる希望が、座員と観客を明るくしていた。しかし、それがいつなのかは、まるでわからなかった。芝居は、やはり暮らしていく上のメドであった。

杉山大尉は、こんなこともいった。

「芝居は、みんなが帰るまでの生活の一里塚なんだ。いってみれば〝竹の節〟みたいなものさ。しっかりやってくれよ」

〝竹の節〟とはうまいコトバだ——と感心した。

「加藤くん。大したものじゃないか。ろくに小説を読んだこともないような連中が、〈暖流〉に感動するようになったんだからね。こんどは、もっとレベルをあげてみようよ」

いろいろ、あさったあげく、

「つぎは、山本有三の〈生命の冠〉をやってみないかい？」

杉山さんの発案で、わたしたちは戯曲の検討にかかっていた。

〈暖流〉のときは、〈花嫁寝台車〉〈光と影〉と三本立だった。

〈花嫁寝台車〉で、わたしは、篠原さん扮する「中年の市会議員」と組んで、「その妻」をやった。中婆さんの姿で、楽屋へひっこんできたとき、

「班長どの。さっき、司令官閣下からお電話がありましたよ。〝舞台です〟って返事したら、〝すみ次第、連絡してくれ〟ということでした」

叶谷が報告した。かれは〈花嫁寝台車〉には役がなくて、つぎの〈暖流〉のヒロイン志摩啓子の扮装だった。

さっそく、カツラをかぶったままで、電話をかけた。

「加藤くんか？　長いあいだ、ご苦労だった」

　馬場さんがいった。

「ハァ？」

「本日ただ今をもって、演芸は終了する。演芸分隊を解散して、それぞれ、もとの所属部隊へ復帰させるように」

「復員でありますか？」

　飛び立つ想いで問いかえしながら、しかし、いっぽうでは、足の裏から血がぬけていくようなさびしさがあった。

「進駐軍から、そう連絡があった。演芸場の処置については、追って指示があるそうだ」

　そのことを座員たちに話すと、やはり、悲喜こもごもの複雑な顔つきであった。わたしは、すぐに幕をあけさせて、最後のお客さんの前に立った。

「いま、司令官から命令がありました、近く、復員船が入るそうであります。それで……」

　そこまでいうと、ドーッと歓声があがり、つづいて拍手がわきおこった。帰国だけが生き甲斐だったのだ。その日が、まもなくやってくる。客席のどよめきが、「マノクワリ歌舞伎座」を震動させていた。ビリビリと響く建物を、だが、わたしは別の想いで見わたしながら、しばらく口をつぐんでいた。

わたしがまだつっ立っているのに気づいて、客席には、オヤという表情が浮かび、やがて歓呼の潮がひきはじめた。

「それで、まだ幕が残ってはおりますが、ただいまをもちまして、演芸は終了せよとのことであります」

熱していた客席が、とたんに冷え落ちた。スーッと静まりかえって、セキばらいひとつ聞こえないのだ。ならんでいる顔……顔が、表情を失っていた。が、一人がなにかを叫んだのをきっかけに、獣の声に似た喊声が爆発した。

怒っているのか、泣いているのか——怒号とも号泣ともつかない奇妙な音響のルツボだった。いつのまにか、観客は立ちあがっていた。と見たら、喊声はそのまま「蛍の光」に変わっていた。両ソデから分隊員たちがそれぞれの扮装で走り出してきて、わたしの左右にならんだ。

みんな歌った。声をかぎりに歌った。泣きながら合唱がつづいた。

わたしたちは、自分の腕のなかで息をひきとっていった大勢の戦友たちの、軽い体重を想っていた。そして、半面では、遠からず会える内地の家族のことを考えていた。

演芸分隊の解散

その夜は、演芸分隊の解散式だった。イモショウチュウの酒宴がはじまる前に、分隊員のオヤジだった村田さんが、キチンと膝をそろえて正座した。

「ご苦労でした。ほんとうに、きみたちの仕事は大変でした。心からお礼を申します」

そう挨拶してから、深く頭を垂れて、ていねいにお辞儀をされた。わたしもあわてて分隊員たちのほうへむきなおった。

「ありがとう。ありがとう。よくやってくれたねえ」

村田さんをまねるつもりではなかったのだが、やはり額を床につけてお辞儀しないではいられなかった。顔をあげようとしたら、分隊員たちの頭が床にならんでいた。そのなかに、ひとつ白い頭があった。

塩島トッツァンは、はじめから、ゴマ塩だった。が、いま床につけているかれの長髪は、ずっとずっと、白いものがふえていた。

——宴会のサカナはテンプラであった。野生のオクラの実を、青戸が機械油でアゲたのである。油は飛行場の倉庫にドラムカンでしまってあったのを、先日、配給されたトッテオキだった。

ムッと臭くて、舌にねばついたけれど、青戸のおかげで、よくアガッていた。

「司令部のバカ野郎奴」

食べながら急に、小原がブツブツいいだした。

「こんなもんがあるのに、なぜ、もっと早う出さなかったんだ。イモのヘタを吸いながら死んじまった奴が、可哀そうやないか。なあ、おいッ」

——その夜は徹夜になった。徹夜しても語りつくせるものではなかった。

あくる朝、演劇分隊は「マノクワリ歌舞伎座」の正面で解散した。二十一年の四月二十四日であった。わたしは叶谷をつれて兵站病院へもどった。

すぐに、全日本軍に移転命令がでた。イギリス軍の直接管理下に入って、復員船を待つためである。自分たちで海岸に臨時の宿舎をつくることになった。

村田さんから呼ばれた。

「とうとう、演芸場をとりこわすことになったよ」

「エッ！」

と絶句して、ふと錯乱した。

「わかるよ、わかるよ。しかしね、宿舎のほうが突貫工事だものだから、伐採している暇がないんだ。それで、演芸場の材木を使えといってきた」

わたしはうなずいた。

「いいにくいんだが、当事者から立会人を出すことになってね。いやな役目だろうが、きみ、すぐにいってくれないか」

早くいきたいような、なるべく遅く着きたいような、ヘンな気持でわたしは歩いていった。気がついたら、やっぱり急ぎ足になっていた。

「ヨーイショ、ヨーイショッ」

近づくと、まず、かけ声が聞こえてきた。もうはじまっていた。日本人の作業員たちが、柱に縄をかけて引いていた。

「ツライデース」

「マノクワリ歌舞伎座」は、いま、わたしの目の前で解体されていた。建てるのに、まる五カ月もかかった本建築も、こわすとなれば簡単だった。カスガイでとめてあるところを、たたいてはずすバーンバーンという音。引き倒されて、材木が落ちるドシーンという響。それらがバカに遠くの物音のように聞こえた。

ここで生きてきたのだ。わたしは、ここで生きたのだ――。

生身を切り刻まれる想いだった。ひとつの部分がもぎとられるたびに、わたしのからだを、たしかな痛みが走った。

笑止にも、わたしは〈桜の園〉を思い出していた。

屋根にあがっていた一人が、わたしに気がついた。しばらく見つめていたが、演芸分隊の加藤とわかったのだろう。はいつくばったまま敬礼を送ってきた。なにかいっているらしい。

「エ?」

耳のうしろに手の平をあてて、聞きかえすジェスチャーをすると、こんどは大声で叫んだ。

「ツライデース」

わたしは手を横にふって、歩きだした。

楽屋には、インドネシアの下士官が、パプアの兵隊といっしょにきていた。衣裳などをひっかきまわしている。

「トアン、これくれないか」

黙って持っていかれても、日本人にとがめだてする権限はないのだ。それなのに、かれらは立会人がくるのを待っていたらしい。

「持ってってくれ。みんな、残らず持ってってくれ。ひとつも残さず、それも、これも……洗いざらい」

かたことと手まねで、そういった。どうせ、わたしたちはなにひとつ持って帰れはしない。

「テレマカシー、テレマカシー（サンキュウ）」

「オー、バッグス（グッド）」

大変なよろこびようだった。

そこへ、オランダのP少佐がやけにふとった細君といっしょに入ってきた。褐色の兵隊たちが、それぞれの胸にだきしめている衣裳をつかみとっては、両手でひろげて点検している。〈暖流〉で叶谷の志摩啓子が着たカクテル・ドレスが出てきたとき、細君がなにかいった。

ほしいのかな？——わたしは吹き出しそうになった。外人としても、なみ以上の体格をしている少佐より、その細君の横幅は、確実に二倍半はある。ほっそりして小柄な叶谷のドレスでは、片脚にはくのがいいところだ。

と、少佐がわたしのほうをむいた。

「これをつくったのはだれか？」

「日本軍の将校である」

「なんという名か？」

「キャプテン細野という」

このとき、わたしが白状したおかげで、細野さんはひどい目にあったのである。

たちまち、オランダ軍から命令が出た。

「細野大尉は臨時宿舎にミシンを持参のうえ、P夫人の衣服作製に従事すべし」

細野さんは乗船のまぎわまで、ミシンを踏みつづけさせられた。

「きみ、つまんないことをいってくれたなあ。第一、デザインのしようがないじゃないか。なんせ、あのスマートさだもの。オレ、役不足だよ。うらむぜ」

——七千人弱の支隊員は、二回に分けて帰されることになった。しかし、そこまで話が具体的になっても、まだ、わたしたちは半信半疑だった。ほんとうに日本へ帰らせてくれるものなのか、どうなのか？

「東部ニューギニアのモロタイ炭坑に送られて、苦役させられるらしい」

そんなウワサが、まことしやかに流れていた。

五月のちょうど中ごろに第一船がきた。アメリカのリバティー船だったが、乗っている船員は日本人であった。モロタイ炭坑で重労働させられるという心配は、ほとんど消えた。船はマノクワリにいた日本軍の半分を積んで、ソソクサと出港していった。

わたしたち兵站病院は残された。

今川、日沼、門馬、長束、斎藤、斎木、小原、蔦浜、中山など、演芸分隊の過半数が第一船で去った。

乗船の直前に蔦浜と会った。

「内地へ帰れたら、どうするつもりだい？」

と尋ねたら、かれはニッコリしていった。

「もう市川鯉之助はやめです。節劇をやる気はなくなりました。班長どのに教えてもらったほんとの芝居で、新しく出なおしてみるつもりです」

もう一度やらないか

第一船のあと、すぐにくるという話だった第二船が、五日たっても六日たっても入港してこなかった。

そうすると、やたらと使役にひっぱりだされはじめた。正式の作業ではないのである。わたしたちが帰国するまでに、少しでもあっちこっちをよくさせようと、土方の仕事にかりだすのだった。

少し度をこしてきたころ、新しくイギリス軍の隊長になったシラジ大尉がそのことを知った。かれは即刻そういう使役を禁止してくれた。わたしたちにも、

「きみたちは捕虜ではない。日本へ帰すために、ここにあずかっているだけだ。筋の通らない使役には応じなくてよろしい」

と、わざわざ念を押しにきてくれた。

「それよりも……」

大尉はいった。

「もう一度、演芸をやらないか。きみたち自身の慰安と、ひとつには、パプア兵を慰問するために……」

そこで、陸海合同の演芸会が、海岸の野天で開かれた。叶谷が三味線を弾いた。わたしも踊った。青戸は手品をやった。「マノクワリ歌舞伎座」の当時に比べれば、お粗末なものだった。しかし、あい変わらず大好評だった。

あくる日、通訳をやらされている兵隊が、あわてて飛んできた。

「えらいことになりましたよ。パプア兵が、〝あの連中がいなくなると、さびしいから、残らせてくれ〟って、あなたがたの残留をP少佐にかけ合っているんです」

ギョッとした。ここまできて、なん人かだけ残されるなんて、冗談じゃない。

「それで……?」

「さあ。とくに、青戸さんは気に入られているようですね」

楽天家の青戸も、さすがにまっ青になった。

しかし、この話もシラジ大尉が押さえてくれた。

重ね重ね、シラジ大尉は恩人だった。旧分隊員たちは、なにかの形で感謝の気持をあらわしたいと話し合った。とうとう、わたしにその対策が一任された。

わたしは荷物から舞扇をとり出した。出征する前の夜、姉の家の舞台で、妻と〈鶴亀〉を踊ったとき、姉が記念にくれた品である。それを持ってシラジ大尉の宿舎を訪ね、通訳にその由来を話して、ことづけた。

「そんなに感謝してもらえるとは、わたしはしあわせである。ありがたくいただく」

大尉は目を輝かせて受けとった――とのことだった。

五月二十八日、やっと第二船が入江にすべりこんできた。ひとまわり迂回すると、船影は湾内のアカツキ島によりそうように碇泊した。

一日も早く去りたいニューギニアであった。それなのに、乗船したわたしたちは、申し合わせたように、マノクワリに面して甲板にならんだ。

上陸したのは十八年の十二月八日だった。あのとき、輸送船からながめて以来、ちょうど二年半――足かけ四年ぶりで見るマノクワリの全景であった。

左手には、富士をとがらせたようなアンダイ山が、まっ白い積乱雲のなかに頭をつっこんでいた。右がパシロプティーだ。遠望すれば、意外にやさしいなだらかな稜線だった。

そのほぼ中央あたり、ただ濃緑一色に見えるジャングルのなかに、いまはもうないわが「マノクワリ歌舞伎座」があったのである。もう残っているはずはない。あったとしても、見えるわけがない。そうわかっていながら、その辺の丘を目でさぐらずにはいられなかった。

パプア人の炊煙が、ジャングルのあちこちから、ユラリユラリとあがって、ぬけるような紺碧の空にとけていく。

岸辺によせる波頭が、ほんとうに純白だった。その波に足を洗われながら、熱帯の喬木がコンモリと葉をひろげていた。

わたしたちは、この島に、どれだけ多くの戦友を埋めたことだったろう。自分の手で土をかけたとき、次第に見えなくなっていった遺体のあれこれが、まざまざと、ジャングルの緑とオーバーラップした。

わたしたちが去ってしまったら、あの男たちのからだは、どうなるのだろう。わたしはやたらと土中の遺体のことばかり考えていた。

イカリをあげる音が、ガラガラと響いた。
海の色は紫だった。

七千人の戦友

お帰んなさい

京都に疎開していた家族のもとへ復員したその夜、わたしはいきなり倒れた。悪性マラリアの再発だった。ムリにキニーネでおさえてきたのが、とうとう限度にきたのだろう。

妻の真砂子（京町みち代）は前進座をやめて、兄（沢村国太郎）や姉（沢村貞子）といっしょに、「新伎座」という劇団をつくって、四国地方をまわっていた。わたしを迎えたのは、めっきり年老いた父母だった。

終戦後、一年たっても連絡のなかったわたしが、ヒョッコリもどってきたので、母は大声をあげて泣いた。

前駆症状の悪寒が、急に襲ってきたところまでは覚えている。あとは、なにも知らない。一週間のあいだ、わたしは人事不省に陥っていたそうだ。脳症をおこすかもしれない危険な容態だった――と、あとで知らされた。

ソロリソロリと意識がもどってきて、やっと目をあけたとき、なにか黒いボンヤリしたものが正面に浮いていた。長い時間かかって、どうやらピントが合ったと思ったら、家内がわたしの顔をのぞきこんでいた。

結婚してから今日まで、あのときくらい、女房がきれいに見えたことは、ちょっとなかったような気がする。

「お帰んなさい」

ポッンと妻がいった。

「ウン、ただいま」

これが二人の第一声だった。

「マラリアだったのよ」

「そうか」

二年半ぶりで顔を合わせた夫婦は、それだけいって、また口をつぐんだ。

熱は、それからも上ったり、下ったりしながら、なかなかひかなかった。

七月に、わたしは前進座をやめた。父の一言が心をきめさせたのである。

「オレの目の黒いうちに、一度でもいいから、きょうだい三人そろった舞台を見せてもらいたいなあ」

父――加藤伝太郎は河竹黙阿弥の最後の弟子で、歌舞伎の狂言作者として一生をすごしてきた男である。

親孝行がしたくて、わたしは「新伎座」に加わった。

「お前、まだ、からだが本調子じゃないんだから、第一回は、あまり稽古をしないでもやれる狂言にしようや。なににする?」

兄にそう聞かれたとき、わたしは即座に、

「〈瞼の母〉がいい」

と答えていた。

「マノクワリ歌舞伎座」のコケラ落としに、あのなつかしい仲間たちと演じた思い出のだしものを、戦後はじめて立つ帰り新参の舞台でもやってみたかった。

父に見せるために、初日は京都座であけた。

なん日目だったろうか？　楽屋に、エノケン一座の中村是好さんと如月寛多さんが訪ねてきた。ホンモノの如月さんは、いきなり、オドケた格好で不動の姿勢をとると、わたしに敬礼してみせた。

「班長どの、お元気でありますか？」

これには閉口してしまった。

如月さんは兵隊にいったことがない。それなのに、戦後、やたらと〝戦友〟があらわれて、ずいぶんコッケイな目に会ったそうだった。

電話がかかってきて、いきなり、マノクワリの話をしかけるので、

「モシモシ、失礼ですが、わたしはニューギニアになんかいったことはないんですよ」

と注意したら、

「おい、青戸。お前、内地へ帰ってきたら、やけにお高くとまるじゃねえか」

電話口でスゴマれたとか。

また、劇場へ面会人がきたので、出ていったら、

「お弟子さんだね。青戸を呼んでくれよ」

「いえ、あたしが如月です」

「ウソつくなよ。オレだっていえば、あいつは出てくるはずだから、早くとりつぎな」

そんなこともあった——と話してくれた。

その後、青戸はどうしているだろう。器用な奴だった。

変な芝居を覚えて

——新伎座は、京都から大阪の浪花座へ、それから山陽の街々を西にくだって、山口県の宇部に入った。

二十一年も十月になっていた。久しぶりで味わう秋が、まだ南方焼けの消えない肌に、やさしくさわやかであった。わたしの毛穴は、とまどいしながら、それでも、むさぼるように秋冷を吸いこんだ。

宇部に着いた日だった。宿屋に入って、部屋に通されると、壁にポスターがはってある。わたしは、まだまだ、内地のいろいろが珍しい。そばへよって、安手な印刷をのぞきこんだ。「浪曲大会」とあった。

そのとき、わたしは、ふと思い出した。そうだ、宇部には蔦浜がいる。かれはここの人間だった。

宿のおかみが挨拶にやってきた。

「おかみさんは浪花節が好きなの？」

初老の内儀は、一瞬、ポカンとして、それからオドオドした顔になった。

「へえ、好きですけど……」

役者が泊る部屋に、浪曲大会のポスターなんか、はりつけておいたので、とがめられるのだと思ったらしい。

「いやね、戦前、この辺で節劇をやってた役者で、市川鯉之助という男を知らない？」

おかみが乗り出した。

「知ってますがな。伊丹家一座のええ二枚目で、もとはわたしもファンでしたわ」

「それで、いま、どうしている？」

「どうしましたかなあ。一座をやめましてなあ。それからのことは、よう知りません」


やめたのか！　蔦浜は節劇から足を洗って、普通の芝居に転向したのか？

「なぜ、やめたか、知ってるの？」

「へえ、もとは、ほんにええ役者で、人気があったんですがな。なんでも、戦地でおかしな芝居を覚えてきよって……」

「？……」

わたしはくわしい話をせがんだ。

――蔦浜は、復員してから、すぐにもとの節劇一座にもどった。リアルな芝居を、仲間に伝えるつもりだった。かれとしては、意気ごんでいたのだろう。が、それはうけいれられなかった。節劇を守ろうとする面々には、蔦浜は〝芸が荒れた〟と見えた。

ひとり相撲に敗れて、かれは伊丹家一座を去る決心をした。節劇に入るまで、蔦浜は炭坑夫だった。転々した先は、やはり、むかしとったキネヅカの坑内だったそうだった。

「ほんに、ええ役者やったのになあ」

内儀はまたくりかえした。

わたしは声も出なかった。発声を百パーセント変えさせ、動作の初歩からたたきなおしたのは、このわたしだった。よかれと思ったことが、順調にいくはずだった彼の生活を、ねじ曲げるようなことになろうとは……。お内儀の話に、わたしはなんともいえぬ想いだった。

かれの消息も、その後、まるでない。

福岡へいった。劇場は多聞座だった。楽屋にいると、いやに客席が騒々しい。なんだろうとのぞいてみたら、「歓迎・市川莚司君」と書いた大きなノボリが見えた。犯人は篠原さんだった。

「月に一度、法話のあとで、芝居のまねばアトラクションにつけとったばってん、このごろは、みんな眼がこえて、ちっとも乗ってこんとです」

カラカラと笑う声は、ジャングル時代と少しも変わっていなかった。この日のイデタチも、ズボンにジャンパーで、オートバイのお尻に奥さんを乗せてきていた。

宿の番頭に、篠原さんと会った話をしたら、ひどく神妙な物腰で、

「法照寺の竜照和尚さんいうたら、知らん人はないエラアいお坊さんですと。だれでも、名僧やいいよります」

こんどは、わたしがビックリした。荒行もやる人で、信者の多いことでは、このへん随一だそうである。

そういえば、思いあたる節が多い。名僧智識でなくては、とても、あんな長いあいだ、バッタバッタと斬られる役ばかり、イヤな顔もせずにやれるものではない。

“演出家”トッツァン

新伎座は、京都座と浪花座を本拠にして、合間には地方をまわった。十一月ごろ、信州へもいった。仕合わせなことに〈瞼の母〉は好評をいただいていた。

伊那にいたとき、塩島があらわれた。トッツァンは江戸ッ子のはずである。予想もしていなかったので、ほんとにうれしかった。だが、トッツァンは元気がないのだ。

「家が焼けたんで、女房の実家にきているんですよ。でも、わたしは百姓ができないもんで、居心地が悪いんです」

「あとで相談しよう。〈瞼の母〉を見てってくれ」

マノクワリのとき、塩島は女形で「半次の母」に扮していた。

終演してから会うと、かれの顔色がいくらかさえている。

「お願いがあります。〈瞼の母〉の脚本があったら、ひとついただけませんか?」

「ああ、いいよ」

伊那は、青年団の芝居がさかんな土地だそうだった。塩島は東京の人間で、芝居と縁がある——というので、青年たちから、いい脚本の選定をたのまれていた。

——一カ月ほどして、かれから手紙がきた。トッツァン演出の〈瞼の母〉は、青年演劇のコンクールで、伊那郡の一等になったばかりか、長野県全体でも二位に入賞した、とあった。

「いまのところ、〝塩島センセイ〟で大変です。おかげで就職もできました」

忠太郎をやったのが、果樹園の若旦那だった。この主役は演出家に心酔して、

「もしよろしかったら、ぜひ、ウチの果樹園を差配してください」

と、たのんできたとのことだった。

まい年、秋になると、塩島からリンゴを送ってくるようになった。

それから東北へまわった。仙台の先でやっているとき、また、マノクワリ族の訪問をうけた。

「わたし、国武部隊です。あのときは、雪を見せていただいて……」

〈関の弥太ッペ〉の最後の幕があいたとたん、声もなく泣きだした観客の一人だったらしい。この人は郵便局の局長をしていた。

「帰ってきてから、どんな芝居を見ても、つまりません。あんな立派な演劇には、もうお目にかかれないですね」

そんなことを、ま顔でいってくれた。

「あの環境だったからですよ」

と答えたが、うれしくないことはなかった。

牡鹿半島へまわったときにも、お客があった。


映画に出て下さい！


いつ、どこへいっても、わたしには生死をともにしたファンがいた。マノクワリ族とのめぐり会いは、わたしにとって、生きる楽しみのひとつになった。なにしろ、わたしには七千人ものごく親しい戦友がいる。

二十三年に、映画から誘われたとき、わたしを踏み切らせたのは、兄貴の助言も大きかったけれど、マノクワリを去るときに、分隊員たちが口をそろえていったコトバだった。

「班長どの。映画に出てくださいよ。舞台俳優だと、出ている劇場までいかなければ、顔が見られないでしょ？　映画なら、どこにいても会えますからね」

しかし、戦友たちとは、現実に顔を合わすことだって、珍しくはなかった。

四国の宇和島へ〈大番〉の撮影にいけば、沖の小島から舟で会いにきてくれた。

〈筑豊の子供たち〉で北九州にいったときは、坑道のなかで声をかけられた。

テレビの〈スター千一夜〉に呼ばれたら、プロデューサーがそうだった。

「マノクワリの戦友より」として、北海道から鈴蘭を送ってくれる方もある。

演分の連中とは、いまも親類づき合いがつづいている。

叶谷はせっかくの三味線をやめて、本職のカツラ屋になった。いまは、大阪の「岡米」の大将である。

小原は、いまも、イライラしたような顔で、衣裳の図案と取ッ組んでいるはずだ。

今川は勤め人になって健在である。

斎藤は兄さんの牛乳店をもらって、一生懸命に働いている。

長束は大阪で理髪関係の仕事にもどった。

中山も関西で、相変わらず脚本を書いて暮らしている。

斎木は、戦後も芝居をやっていきたい——と、わたしのところへ相談にきた。一度、空気を吸って、あの世界が忘れられなくなったのだろう。しかし、しょせんは、本職に通用する芸ではない。その後、芸能関係の雑誌をやっていたらしいが、つぶれてから消息がたえた。

日沼はあいかわらず針金をひねっている。すっかり頭がはげてしまったが、顔だけは若い。

村田さんは一度、銀座に店を出したが、からだをこわして帰郷され、いまは、宇都宮で社長さんになっている。

杉山さんは、その後も、演劇の道を歩みつづけて、俳優座養成所の主事であるとともに、共立女子大で演劇を講ずる教授である。

細野さんは、銀座で洋裁店「モレナ」を経営している。

今川が作曲したいくつかの歌は、いまも、わたしたちマノクワリ族の思い出の象徴として、ハッキリ唇に残っている。このごろでも、とんでもないところで肩をたたかれて、それらの歌で自己紹介されることがよくある。

〽夜のとばりに流れゆく
恋の浅草 人の波
意地と情に身を捨てて
男山上なにを泣く
——あるいは、また——
〽流れくる恋の浅草
ジンタの響
女心はせつないものよ
胸に情の灯が消える

しあわせな役者

復員して、いくらかたったころ、わたしは長谷川伸先生をお訪ねしたことがあった。作品を無断上演したお詫びを、申しあげたかったからである。

「きみ、そんなことは問題じゃないよ。ぼくの芝居がそんなに役にたったのならけっこうだ」

先生はそういってくださってから、

「しかし、きみは、なんてしあわせな役者なんだろう。そんなにもよろこんでもらえる舞台を踏んだ役者は、めったにあるものじゃない」

静かに、しかし熱をこめて、

「芸とはね、人をたのしませることだよ」

わたしは、いつまでも、そのコトバを忘れない。

しあわせな役者だったわたしは、これからもしあわせでなくては相すまない。そのためには、やはり、ずっと役者の道を歩んでいきたい。いつまでも、人にたのしんでもらえる演技者でありたい。

それが、ニューギニアで死んでいった人たちへのわたしの義務ではないだろうか。

先は長い。俳優には年がないのだ。

あとがき

こんどの大戦では筆舌につくせぬ悲惨な話が各地に伝えられた。ニューギニアもそのひとつだ。しかし、生き残って帰還し、「拾六年間相立申候」というベールに包まれた今日では、そういうことより、瞬間的なおかしかったことや、ちょっとした楽しい思い出ばかりが残っていく。

そのとき涙で言葉がつづかなかったことでも、今は笑って話せるようになる。わたしの経験した現地製慰問団のことも、わたし個人の心の歴史の一コマとして、ときどき思い出してはひとり興がっていたものだ。ただ五年前、週刊朝日の「夢声対談」でそのことを話したら、徳川さんが面白がって、「忘れないうち、くわしく書いておきなさい」とすすめてくれたことがある。

しかし、生来の筆不精、「オール読物」の随筆欄に、挿話二、三を書いたくらいで、ついいままできた。それが小島正雄氏とあったとき、フト漫談めいて物語ったのがきっかけで、文芸春秋誌からすすめられ、ジャングル劇場の始末記「南海の芝居に雪が降る」を発表してみた。が、各種の戦記が、いろいろな角度から語りつくされた現在、はたして何人のかたが読んでくれるかと正直なところ危惧が多かった。それがたまたま、掲載誌が芥川賞、直木賞発表の特別号ということから、多くの読者の目にとまる機会のあったことが幸運の第一歩。発売のその夜、NHKからテレビ化の話があった。でも、「これが芝居に?……」とわたし自身俳優だけに、その戯曲化には心細さが多分にあった。しかし、脚色の小野田勇氏や関係者の努力のおかげで、見事にドラマ「南の島に雪が降る」としてまとめあげられ、当時の思い出にひたりながら自演していたわたしは、感慨がソクソクと胸に迫り、どうにも涙が流れてくるのを押さえられなかった。

これを見た東宝から映画化の話をもらい、天然色によって現地の姿を再現するところにまでなった。われながらツイてると額をたたいているところへ、文芸春秋第二十回読者賞のしらせがあった。これには棚からボタ餅と大喜びするより、なんだかふしぎな気持がした。「なぜ、こんなにこの話に関心をもってくれるのだろう」と首をひねったすえ、気のついたことは、演芸分隊の活躍ぶりというより、〝必死〟の状況下で、芝居を見ることによってせめて故国をしのび、肉親の面影を見出そうと、足をひきずり、杖をつき、たがいに励ましあいながら集まって来た将兵たちの姿が、みなさんの胸を打ったのであろうということだ。

文春が出るとすぐ、「父はニューギニアで死にました。母は、父が病気や食べものでくるしんだあげくジャングルの中で死んで、可哀想でたまらないと、十数年たったいまでも、思い出して泣いております。それが貴方の体験記を読み、父も貴方の芝居を見ていたときだけは、日本に帰ったつもりになり、苦労を忘れて一時たのしんでいたんだろう、とホッとしたといっております」というおたよりをいただいた。

またテレビのあとで、やはりニューギニアで息子さんを戦病死させたご老母が見え、「劇中で担架にのった病兵が舞台を見ているところがありましたが、そこに息子の姿を見ることができました」と手をついてお礼をいってくださった。

遺家族の方たちが活字の行間から、画面の雰囲気から、こんなにも想像し、喜んでくださるのを知って、わたしはあの南溟の地で散華したいく万の戦友達に対し、いくらか心やすらぐ思いがした。それで、こんど単行本として出すことになったのをしおに、その間の状況を、もう少し、くわしく写し出すことにしてみた。といっても、なにぶんにも文才に乏しく、書くことになれぬニワカ文士、それに記憶も怪しくなってきているので、難行苦行、どうやらまとめあげて、改めて亡き戦友達の冥福を祈った。
それにしても、こんどの大戦で肉親を失った人の数はおびただしい。世間から忘れられ、薄暗い灯火で、夫の、息子の霊を心の支えとして細々と生きていく人たちのことを思うとき、戦争の傷痕はまだまだ埋められていないと、しみじみ思った。

昭和三十六年八月　　　　　　加東大介

後記

沢村貞子

前進座の大阪公演中に召集された弟・加東大介が慌しく東京の家へ帰ってきたのは、昭和十八年十月だった。私と両親がそこに住んでいた。

ささやかな送別の宴のあと、家族に望まれ、黒紋付に袴姿の彼が妻と踊った「鶴亀」は——見事だった。役者としても踊り手としても、たしかな腕をもっていた。

翌朝、グリグリ坊主になった彼は、赤いタスキをかけ、私たちの前で深く頭を下げ——そのまま黙って出ていった。肩を落した後姿がなんとも侘びしかった。厚い胸、太い腕、身体つきは堂々としていたが、加東は根っからの役者だった。彼にふさわしい居場所はただ一ケ所——舞台だけなのに……。

浅草・宮戸座の初舞台はかぞえ五つ。自分の子供はみんな役者にする、というのが私たちの父の悲願だったが、彼はどうやら生れつきの役者だったらしく、いかにも自然なセリフやしぐさは、初日から客の涙をしぼり、たちまち、名子役と評判された。それからは、毎月一本は子役中心の出し物が選ばれ、その小さな人気役者の世話をする母の手代りとして、私は小学校から帰るとすぐ、楽屋へとんでゆかなければならなかった。舞台ではけなげな子役も、裏ではただの腕白坊主……小さい付き人の私は、よく泣かされた。

その陽気な彼が、暗い顔でじっと考えこむようになったのは、十四、五になってからだった。スクスクと背丈がのび、母親に似て骨組みががっしりしていた彼は、その頃はもうすでに中途半端になっていた。「名子役は大人になって成功しない」芝居道にはそんなジンクスがあった。歌舞伎の世界に厳存する門閥がないだけに、惨めさはひとしおだった。必死に踊りに打ちこんだのも、何とかして役を貫いたい……そのためだったが、師匠にいくら賞められても、歌舞伎座で与えられるのは、からみの花四天ぐらいだった。見かけによらず気の弱い彼の涙は見るのが辛かった。

そんな弟が、やっと立ち直ったのは、前進座へはいってからだった。

「家柄がなくったって、二枚目でなくったって、一所懸命勉強すれば、いい役が貰えるんだぜ……姉さん、見ててくれよ……」

眼を輝やかしていたのに——赤紙が来た。

東京の空襲も日増しにはげしくなってきた。防空壕の中で、母が声をひそめて、彼の妻——嫁に囁いていた。

「あの子は無事だろうねえ。せめて、もう一度だけでも舞台を踏ましてやりたいよ、きっと、夢の中で花道を歩いているだろう……」

戦争がやっと終って——一年たった。復員して、私たちの疎開先まで、どうにかたどりついた加東は、そのまま人事不省になってしまった。戦地でかかった悪性マラリアの再発だった。

十日ほどして、やっと危険な状態から脱け出すことの出来た彼は、のぞき込む家族たちに、嬉しそうな声で言った。

「ボク……ニューギニアで、芝居してた」

まだ、熱があるらしい——と皆、顔見合せて不安だったが——日がたつにつれて元気をとり戻した彼は、戦地の飢えの辛さより「マノクワリ歌舞伎座」の話に夢中だった。私たちは、感動して——声も出なかった。

「ボクは、しあわせだよ、あれほど皆に喜こんで貰える芝居が出来たんだから……」

それはもう、生死を越えていた。〈これだけの観客を捨てて……役者が舞台から逃げ出せるか……〉たった一度の、内地送還のチャンスも、彼は自分から捨てた。

「それでも生命があったんだもの。これからはもっともっと、大ぜいの人に喜こんでもらえる役者にならなけりゃ……」

そのために、映画にもテレビにも身体をぶつけて取り組んだのに……昭和五十年七月、突然、結腸ガンで逝ってしまった。六十四歳。好きなものは？　ときかれれば、一に役者、二に役者、三に役者、と答える役者バカとしては一世一代の失策――早トチリである。

彼のただ一冊の回想記「南の島に雪が降る」を、いま読み返してみると、弟・加東大介が精いっぱい歌った鎮魂歌のような気がして……胸が、いたむ。

昭和五十八年五月

解説

保阪正康

本書は、昭和という時代に名を馳せたひとりの役者の戦争体験記である。

しかし、この体験記からは一発の銃声も聞こえてこない。戦闘行為に伴う殺傷の姿も見えてこない。つまり軍事という側面はなにひとつえがかれていないのだ。だがこれほど〈戦争〉を語った体験記はない、戦争の愚かさと非人間性を正直に語り尽くした書はない、というのが私の率直な感想である。

私たちはしばしば錯覚するのだが、戦争体験というのは朝から夜まで、相手側と銃火を交えているかのごとくに考える。むろん戦争の重要な局面では、そのようなことはありうるし、玉砕や全滅は戦闘の結果である。そのプロセスをえがく戦争体験記はあまりにも悲惨であり、そして一読するだに辛《つら》くなってくる。だが現実には、あの三年八カ月の太平洋戦争の期間とて、戦闘期間そのものはそれほど長くはなかった。戦争とは平時の日常とは異なった非日常の空間である。しかしそこでも非日常の日常がある。兵士たちは、食事をし、語らいもし、歌も唱い、故郷へ手紙を書き、そして平時の日常と同じ生活システムの中に身を置く。だがひとたび戦闘（これが非日常のなかの非日常となるのだが）となれば、日常とは異なった感覚や価値観をもつ非日常そのものの空間に入りこんでいく。ここではできるだけ多くの〝敵〟を殺傷することが義務として課せられるのである。この構図を理解しなければ、戦争体験記を読む資格はないといえる。

戦争の時代にめぐりあわせた兵士たちの、その人生に思いをめぐらせることは次代の者の務めでもある。

幸運なことに、というべきだが、戦争という非日常のなかに身を置いたにせよ、太平洋戦争の期間に日常そのもので終わった兵士たちも少なくない。本書の著者である加藤徳之助（芸名、市川莚司、戦後は加東大介）は、そうした兵士のひとりである。もとより加藤はそのことを望んだわけではない。たまたま「東二」（東京第二陸軍病院）の衛生兵として召集され送られた戦地が、西ニューギニアのマノクワリ地方だったのである。ニューギニアを地図で確かめるとわかるが、ルソン島とオーストラリアの間に位置する戦略上は重要な拠点である。この灼熱の地に現地の日本軍は補給の確保や武器弾薬の輸送、それに兵員の損耗率などを見込んで三万五千人の兵員を必要とすると考えたが、しかし戦略が甘い大本営の作戦参謀は兵員の出し惜しみに終始して、苛酷な命令を示達し、無謀な戦いを強要することになった。

太平洋戦争史のうえでは、ニューギニアのなかでも東部ニューギニアは、昭和十八年六月からアメリカ軍の攻撃を受け、それからの六カ月間、日本軍も抵抗を続けたが制圧された状態になっている。この地には、本格的な戦闘の前にラバウルから東部ニューギニアのラエに第五十一師団の主力部隊（約七千名）とその兵員、武器をのせた輸送船八隻がむかったが、これがアメリカ軍の攻撃で海中に没した。輸送船を護衛していた十隻近くの駆逐艦も、そして空から護衛にあたっていたゼロ戦多数も撃墜されている。これ以後、日本軍は効果的な補給をほとんど行うことはできなくなっていた。

東部ニューギニアの日本兵は飢えとマラリヤ、それに大本営から命じられるラエ・サラモアの主要拠点を死守すべく絶望的な戦いを続けたのである。

これに反して、西部ニューギニアのソロンやマノクワリには大きな戦闘はなかった。

昭和十八年九月に大本営が東部ニューギニアは見捨てて、西部ニューギニア、内南洋中西部からマリアナ諸島、そしてジャワ、スマトラからビルマに至る広大な占領地域を絶対国防圏と称し、そこに強固な防禦を築くことを決めた。そのため西部ニューギニアに兵員や弾薬が送られることになった。加藤の部隊が、昭和十八年十一月三日に大阪を出てマニラに寄り、そして西部ニューギニアに着いたのは十二月八日だが、この部隊は絶対国防圏死守の命令を受けていたのである。

ところがアメリカ軍は東部ニューギニアを制圧したあと、西部ニューギニアやその近くのハルマヘラ島などには目もくれず、フイリッピンへの進攻作戦を進めた。いわば「飛び石作戦」である。このために昭和十九年、二十年の西部ニューギニアはアメリカ軍が日本軍の戦力を弱めるために、ときおり爆撃を加えるか、補給の輸送船が西部ニューギニアの港に着くのを妨害する作戦に終始するだけだった。この地の日本軍は戦闘もなく、一発の銃弾も撃たなくてもよかったが、そのかわり飢えとマラリヤと戦う日々を過ごした。

このことを理解して、本書を読み進むと著者の記述がよくわかってくる。実際に、戦場でこのような演芸を楽しむだけの日々が可能だったのか、という設問は意味をなさないだけでなく、戦争とはこのような日常をかかえこんでいると考えることで改めてその怖さが感得できるのだ。著者は、いわば非日常のなかの日常を体験記として発表したことになるが、それは偶然そうなったにすぎず、もしアメリカ軍がこの地を戦場に選んだなら、著者たちは演芸分隊を組織することなど不可能で、玉砕か全滅の憂き目を見たのはまちがいない。

本書の行間には、非日常の日常がいつ非日常に変わるかという緊張が浮かんでいる。著者がこの地での死を覚悟しているとの記述や真夜中に海辺で妻の安全を願って大声を出す兵士の姿がその例である。

著者は日本の大衆演芸のなかで生きたひとりの庶民である。時代が与えた枠組みのなかで懸命に生きた。それゆえに、戦争に対する疑問や反対の意思などが声高に語られているわけではない。戦争という非日常の時代にも、大衆にどのように喜びを与えるか、自分の演技を通じて、あるいは脚本や演出を通して、娯楽の本質を考えている。戦地では、生と死の光景が日々あたりまえになっているのを知りながら、せめて死の前に庶民の兵士たちに束の間とはいえ喜びや楽しみを味わってもらおうと必死に演じ続けた。その複雑な心中を難解な表現で語ってもいない。だからこそ、私たちは本書を読み進みながら、しだいに笑いの裏側にひそんでいる苦しみや悲しみに気づき、ときとして私たちもまた涙ぐんだりしてしまうのである。

私は、あえて強調しておくが、本書は地に足の着いた重い反戦書だといいたい。あの苛酷な戦争の責任は誰が負うのか、名もよく知られていないニューギニアの地で飢えに苦しみながら、なぜ兵士たちは死んでいかなければならなかったのか、そういう問いかけを幾つも発していることに気づけば、本書を単なる体験記の段階にとどめていいわけはないと考えるべきである。

本書の初めの章で、著者の部隊がマニラに寄ったとき、自分たちとまったく同じ編成の部隊が八隻の輸送船で南にむかっていることを知る。しかし、出発港もコースも違っている。それを上官に質《ただ》したとき、どちらかがマクノワリに着けばいいのであって、「片いっぽうがポカ沈（注・爆撃を受けて沈没すること）を食うのは、計算に入っているんだよ。ダブル・キャストってわけさ」と聞かされる。前述のように制海権など失われつつあるとき、日本の輸送船が目的地に着くこと自体、すでに僥倖ともいえたのだが、それにしてもこのような案を考え、実行を命じる大本営の作戦参謀の心理状態は退廃そのものであった。

著者が文中で紹介していくこのようなエピソードは数多くある。〝ニューギニア死の行進〟を命じて自らは幹部と一緒に東京に逃げ帰った「某将官」、指物師出身の兵士が舞台用に本物と同じ長火鉢をつくるのだが、それをつくっている間は「戦争を忘れられるんでさ」とのつぶやき、山奥に隔離同然に置かれている東部ニューギニアの独立工兵隊、彼らはなぜ内地に帰されなかったかといえば、「軍は負け戦《いくさ》の味を知っているこの人たちを内地に帰そうとはしなかった」という本音、舞台で降らせた雪に涙を流しつづける東北出身の国武部隊の兵士たち、死の床でその雪を手にしながら息をひきとる兵士たち——。こうしたエピソードにふれて、私たちは庶民の兵士たちの無念さを思いやり、責任の問いかけをないがしろにしてはいけないと自覚すべきであろう。

西部ニューギニア一帯の兵士を慰め励まし続けた演芸分隊、彼らの活動を支えた上官の杉山大尉の「娯楽じゃない。生活なんだよ。きみたちの芝居が、生きるためのカレンダーになってるんだ。演分（注・演芸分隊）は全支隊の呼吸のペースメーカーだぜ。そのつもりでガンばるんだ」という言はまさに至言であった。病人が快方にむかう反面、部隊に帰って芝居は面白かったなあと言って死亡する兵士もいたという。非日常という時代に置かれながらも、日常のなかで充足感を味わって死亡する兵士の姿は、演芸分隊にとってせめてもの安らぎではあっただろう。

最後にふれておかなければならないが、著者は文筆にもすぐれた能力をもっていることがわかる。人物をえがくときの緻密な描写、心くばりの効いた表現、そして感情だけに溺れるのを防ぐ文章の省略、なにより著者のすぐれた感性に随所でふれることができる。もとより生来の才能もあったのだろうが、戦争が終わってから十六年目に著者にこの書を書かせたのは、「自分の腕のなかで息をひきとっていった大勢の戦友たち」「(マクノワリでめぐり合った)七千人ものごく親しい戦友」に衝き動かされたからではなかったか。姉の沢村貞子が「後記」で、「彼のただ一冊の回想記『南の島に雪が降る』を、いま読み返してみると、弟・加東大介が精いっぱい歌った鎮魂歌のような気がして……胸がいたむ」と追悼しているが、著者はいつの時代にも生命力を失わない本書を戦友たちに託されて残していったと、私には思えてならないのである。

(光文社知恵の森文庫版解説を再録)

父が書いた本のこと

加藤晴之

「南の島に雪が降る」、そんなばかなというような題の本を父が書いたのは昭和三六年。

ぼくが小学校から戻ると、仕事を家に持ち込まない主義だったのか台詞《セリフ》の稽古すらほとんど自宅でしないような父が、文机《ふづくえ》の前で眼鏡をかけ万年筆を持ちながら原稿に向かっている姿をしばしば見かける日々が続いていた。

本業の俳優の仕事が猛烈に忙しい父、しかし家にいる時は決まって文机の前にいる。手には万年筆。ペン先が動いている時の真剣な眼差し。ペン先が止まった時の、庭を見るでもなく眺めているような遠いまなざし。今までに自宅で見せたことのないような表情の父がいた。

ある日、出版社からダンボール箱が届いた。開けてみるとかわいい絵の表紙（谷内六郎さん画）の本がぎっしりと詰まっていて、「南の島に雪が降る　加東大介」とある。父はその最初の一冊を取り出し、マジックペンを取り出し、

「加藤晴之君へ　加東大介」

と書いた。

すごく不思議な感覚だった。君？　そしてぼくにたいして加東大介？

ぼくの中では「加東大介」はあくまで俳優であり芸名であり、それを息子に対して使うということにすごく違和感を覚えた。なにか一瞬、突き放された感じがした。でもそれは彼にとっても特別な気持ちがあるんだなということはなんとなく分かった。

あとで母に聞くと、それはあなたという一人の人間にたいしてのお父さんの気持ちだ、ということでようやくぼくの気持ちも落ち着いた。

しかし小学生のぼくは、父に献本してもらった本はまったく読まず本棚に置いたま

まだった。

読もうと思っても漢字が難しかったというのが一番の理由だったが、平和なぼくの世界に戦争は無縁だと思っていたのだろう。

ただ、谷内六郎さんの表紙はとても印象的で、かわいいすてきな絵なのになぜ軍服？　という気持ちは強まり、いつだったか父にその意味を問うと、自分が徴兵され激戦地ニューギニア・マノクワリに配属され、まさに地獄のような環境で何度か死にそうな体験をし、戦友たちがばたばたと倒れ死んでゆく中で、それでも生きてみんなで内地（日本）へ帰りたい、生きる希望を失わないようにと、演劇をやり勇気付けていたんだよ、と話してくれた。

ばたばたと人が死んでゆくという話もショックだったが、その原因に（もちろん爆撃でというのもあったようだが）、「餓死」が多かったということがショックだった。当時のぼくにとってはおやつでしかなかったサツマイモは戦地では大変なごちそうで、芋《いも》の蔓《つる》まで食べたとか、どんどん食糧難になってゆき、せっかく苗を植えても空腹で我慢できずに芋になる前にその苗を食べてしまうとか、蛇・トカゲも食料だったとか、当時のぼくにとって次々と異次元の話をされ、気持ちが悪くなって晩ご飯が食べられなくなるということもあった。しかしそれでも父は話した。

ぼくは父が有名になってからのことしか知らなかったから大変ショックだったし、同時に戦争を生き残ってくれたから今のぼくがあるんだということも一気に身近に感じることもできた。

やがて、父の本はベストセラーになり、映画化もされた。

家が成城だったこともあり、東宝撮影所には母と何度か陣中見舞いというか、セット風景を見学させてもらったのも良い思い出だ。

映画は大変豪華なキャスティングで、当時の東宝のスター俳優総出演という印象だった。

森繁久彌さん、伴淳三郎さん、西村晃さん、小林桂樹さん、フランキー堺さん、三木のり平さん、有島一郎さん、渥美清さん、桂小金治さん、錚々《そうそう》たる顔ぶれで、超名俳優の皆さんが父の作品をこころからサポートしてくださっているのがひしひしと感じられ、子どもながらに感動したのを覚えている。

常に忙しく、こころから仕事を愛し、映画、舞台、テレビで役を演じ続けた父、加東大介。

その父は六五歳で人生の幕を降ろすが、息子であるぼくに伝えたかったこと。
戦争で幸せになる人は、ひとりもいない。
いかなる理由であっても、戦争はやってはいけない。
それがこの「南の島に雪が降る」にあると、ぼくは思っています。

本書は一九九五年六月に、ちくま文庫として刊行された。

なお、本書のなかには今日の人権感覚に照らして不適切と思われる語句がありますが、差別を意図して用いられているのではなく、また時代背景や作品の価値、作者が故人であることなどを考え、原文通りとしました。

誘拐　本田靖春

戦後最大の誘拐事件。残された被害者家族の絶望、犯人を生んだ貧困、刑事達の執念を描くノンフィクションの金字塔！（佐野眞一）

疵　本田靖春

戦後の渋谷を制覇したインテリヤクザ安藤組の大幹部、力道山よりも喧嘩が強いといわれた男……。伝説に彩られた男の実像を追う。（野村進）

宮本常一が見た日本　佐野眞一

戦前から高度経済成長期にかけて日本中を歩き、人々の生活を記録した民俗学者、宮本常一。そのまなざしと思想、行動を追う。（橋口譲二）

新 忘れられた日本人　佐野眞一

佐野眞一がその数十年におよぶ取材で出会った、無私の人、悪党、そして怪人たち。時代の波間に消えて行った忘れえぬ人々を描き出す。（後藤正治）

占領下日本（上・下）　半藤一利／竹内修司／保阪正康／松本健一

1945年からの7年間日本は「占領下」にあった。この時代を問うことは、戦後日本を問い直すことである。多様な観点と仮説から再検証する昭和史。

現人神の創作者たち（上・下）　山本七平

日本を破滅の戦争に引きずり込んだ呪縛の正体とは何か。幕府の正統性を証明しようとして、逆に「尊皇思想」が成立する過程を描く。（山本良樹）

東京の戦争　吉村昭

東京初空襲の米軍機に遭遇した話、寄席に通った話。少年の目に映った戦時下・戦後の庶民生活を活き活きと描く珠玉の回想記。（小林信彦）

ワケありな国境　武田知弘

メキシコ政府発行の「アメリカへ安全に密入国するための公式ガイド」があるってほんと⁉　国境にまつわる60の話題で知る世界の今。

週刊誌風雲録　高橋呉郎

昭和中頃、部数争いにしのぎを削った編集者・トップ屋たちの群像。週刊誌が一番熱かった時代を貴重な証言とゴシップたっぷりで描く。（中田建夫）

増補版 ドキュメント 死刑囚　篠田博之

幼女連続殺害事件の宮﨑勤、奈良女児殺害事件の小林薫、附属池田小事件の宅間守、土浦無差別殺傷事件の金川真大……モンスターたちの素顔にせまる。

田中清玄自伝　田中清玄　大須賀瑞夫

戦前は武装共産党の指導者、戦後は国際石油戦争に関わるなど、激動の昭和を侍の末裔として多彩な人脈を操りながら駆け抜けた男の「夢と真実」。

権力の館を歩く　御厨貴

歴代首相や有力政治家の私邸、首相官邸、官庁、政党本部ビルなどを訪ね歩き、その建築空間を分析。権力者たちの素顔と、建物に秘められた真実に迫る。

タクシードライバー日誌　梁《ヤン》石日《ソギル》

座席でとんでもないことをする客、変な女、突然の大事故。仲間たちと客たちを通して現代の縮図を描く異色ドキュメント。（崔洋一）

新版　女興行師　吉本せい　矢野誠一

大正以降、大阪演芸界を席巻した名プロデューサーにして吉本興業の創立者。NHK朝ドラ『わろてんか』のモデルとなった吉本せいの生涯を描く。

ぼくの東京全集　小沢信男

小説、紀行文、エッセイ、評伝、俳句……作家は、その町を一途に書いてきた。『東京骨灰紀行』など65年間の作品から選んだ集大成の一冊。（池内紀）

吉原はこんな所でございました　福田利子

三歳で吉原・松葉屋の養女になった少女の半生を通して語られる、遊廓「吉原」の情緒と華やぎ、そして盛衰の記録。（阿木翁助　猿若清三郎）

ちろりん村顚末記　広岡敬一

トルコ風呂と呼ばれていた特殊浴場を描く伝説のノンフィクション。働く男女の素顔と人生、営業システム、歴史などを記した貴重な記録。（本橋信宏）

ぐろぐろ　松沢呉一

不快とは、下品とは、タブーとは。非常識って何だ。公序良俗を叫び他人の自由を奪う偽善者どもに〝闘うエロライター〟が鉄槌を下す。

独特老人　後藤繁雄編著

埴谷雄高、山田風太郎、中村真一郎、淀川長治、水木しげる、吉本隆明、鶴見俊輔……独特の個性を放つ思想家28人の貴重なインタビュー集。

呑めば、都　マイク・モラスキー

赤羽、立石、西荻窪……ハシゴ酒から見えてくるのは、その街の歴史。古きよき居酒屋を通して戦後東京の変遷に思いを馳せた、情熱あふれる体験記。

吉行淳之介ベスト・エッセイ　荻原魚雷編

創作の秘密から、ダンディズムの条件まで。「文学」「男と女」「紳士」「人物」のテーマごとに厳選した、吉行淳之介の入門書にして決定版。（大竹聡）

田中小実昌ベスト・エッセイ　大庭萱朗編

東大哲学科を中退し、バーテン、香具師などを転々とし、飄々とした作風とミステリー翻訳で知られるコミさんの厳選されたエッセイ集。（片岡義男）

山口瞳ベスト・エッセイ　小玉武編

サラリーマン処世術から飲食、幸福と死まで。――幅広い話題の中に普遍的な人間観察眼が光る山口瞳の豊饒なエッセイ世界を一冊に凝縮した決定版。

色川武大・阿佐田哲也ベスト・エッセイ　大庭萱朗編

二つの名前を持つ作家のベスト。文学論、落語からタモリまでの芸能論、ジャズ、作家たちとの交流も。もちろん阿佐田哲也名の博打論も収録。（木村紅美）

開高健ベスト・エッセイ　小玉武編

文学から食、ヴェトナム戦争まで――おそるべき博覧強記と行動力。「生きて、書いて、ぶつかった」開高健の広大な世界を凝縮したエッセイを精選。

中島らもエッセイ・コレクション　小堀純編

小説家、戯曲家、ミュージシャンなど幅広い活躍で没後なお人気の中島らもの魅力を凝縮！　酒と文学とエンターテインメント。（いとうせいこう）

文房具56話　串田孫一

使う者の心をときめかせる文房具。どうすればこの小さな道具が創造力の源泉になりうるのか。文房具の想い出や新たな発見、工夫や悦びを語る。

ぼくは散歩と雑学がすき　植草甚一

1970年、遠かったアメリカ。その風俗、映画、本、音楽から政治までをフレッシュな感性と膨大な知識、貪欲な好奇心で描き出す代表エッセイ集。

快楽としてのミステリー　丸谷才一

ホームズ、007、マーロウ――探偵小説を愛読して半世紀、その楽しみを文芸批評とゴシップを駆使して自在に語る、文庫オリジナル。（三浦雅士）

超発明　真鍋博

昭和を代表する天才イラストレーターが、唯一無二のSF的想像力と未来的発想で〝夢のような発明品〟129例を描き出す幻の作品集。（川田十夢）

ねぼけ人生〈新装版〉　水木しげる

戦争で片腕を喪失、紙芝居・貸本漫画の時代と、波瀾万丈の人生を、楽天的に生きぬいてきた水木しげるの、面白くも哀しい半生記。（呉智英）

「下り坂」繁盛記　嵐山光三郎

人の一生は、「下り坂」をどう楽しむかにかかっている。真の喜びや快感は「下り坂」にあるのだ。あちこちにガタがきても、愉快な毎日が待っている。

向田邦子との二十年　久世光彦

あの人は、あり過ぎるくらいあった始末におえない胸の中のものを誰にだって、一言も口にしない人だった。時を共有した二人の世界。（新井信）

旅に出る ゴトゴト揺られて本と酒　椎名誠

旅の読書は、漂流モノと無人島モノと一点こだわりガンコ本！　本と旅とそれから派生していく自由な思いのつまったエッセイ集。（竹田聡一郎）

昭和三十年代の匂い　岡崎武志

テレビ購入、不二家、空地に土管、トロリーバス、くみとり便所、少年時代の昭和三十年代の記憶をたどる。巻末に岡田斗司夫氏との対談を収録。

本と怠け者　荻原魚雷

日々の暮らしと古本を語り、古書に独特の輝きを与えた「ちくま」好評連載「魚雷の眼」を、一冊にまとめた文庫オリジナルエッセイ集。（岡崎武志）

増補版 誤植読本　高橋輝次編著

本と誤植は切っても切れない⁉　恥ずかしい打ち明け話や、校正をめぐるあれこれなど、作家たちが本音を語り出す。作品42篇収録。（堀江敏幸）

わたしの小さな古本屋　田中美穂

会社を辞めた日、古本屋になることを決めた。倉敷の空気、古書がつなぐ人の縁、店の生きものたち……。女性店主が綴る蟲文庫の日々。（早川義夫）

ぼくは本屋のおやじさん　早川義夫

22年間の書店としての苦労と、お客さんとの交流。どこにもありそうで、ない書店。30年来のロングセラー！（大槻ケンヂ）

たましいの場所　早川義夫

「恋をしていいのだ。今を歌っていくのだ」。心を揺るがす本質的な言葉。文庫用に最終章を追加。帯文＝宮藤官九郎　オマージュエッセイ＝七尾旅人

考現学入門　今和次郎　藤森照信編

震災復興後の東京で、都市や風俗への観察・採集からはじまった〈考現学〉。その雑学の楽しさを満載し、新編集でここに再現。（藤森照信）

路上観察学入門　赤瀬川原平／藤森照信／南伸坊編

マンホール、煙突、看板、貼り紙……路上から観察できる森羅万象を対象に、街の隠された表情を読みとる方法を伝授する。（とり・みき）

TOKYO STYLE　都築響一

小さい部屋が、わが宇宙。ごちゃごちゃと、しかし快適に暮らす、僕らの本当のトウキョウ・スタイルはこんなものだ！　話題の写真集文庫化！

自然のレッスン　北山耕平

自分の生活の中に自然を蘇らせる、心と体と食べ物のレッスン。自分の生き方を見つめ直すための詩的な言葉たち。帯文＝服部みれい（曽我部恵一）

バーボン・ストリート・ブルース　高田渡

流行に迎合せず、グラス片手に飄々とうたい続け、いぶし銀のような輝きを放ちつつ逝った高田渡の酔いどれ人生、ここにあり。（スズキコージ）

素敵なダイナマイトスキャンダル　末井昭

実母のダイナマイト心中を体験した末井少年が、革命的野心を抱きながら上京、キャバレー勤務を経て伝説のエロ本創刊に到る仰天記。（花村萬月）

青春と変態　会田誠

著者の芸術活動の最初期にあり、高校生男子の暴発するエネルギーを、日記形式の独白調で綴る変態的青春小説もしくは青春的変態小説。（松蔭浩之）

官能小説用語表現辞典　永田守弘編

官能小説の魅力は豊かな表現力にある。本書は創意工夫の限りを尽したその表現をピックアップした、日本初かつ唯一の辞典である。（重松清）

増補　エロマンガ・スタディーズ　永山薫

制御不能の創造力と欲望で数多の名作・怪作を生んできた日本エロマンガ。多様化の歴史と主要ジャンルを網羅した唯一無二の漫画入門。（東浩紀）

いやげ物　みうらじゅん

水で濡らすと裸が現われる湯呑み。着ると恥ずかしい地名入Tシャツ。かわいいが変な人形。抱腹絶倒土産物、全カラー。（いとうせいこう）

USAカニバケツ 町山智浩

大人気コラムニストが贈る怒濤のコラム集！ スポーツ、TV、映画、ゴシップ、犯罪……。知られざるアメリカのB面を暴き出す。（デーモン閣下）

戦闘美少女の精神分析 斎藤環

ナウシカ、セーラームーン、綾波レイ……「戦う美少女」たちは、日本文化の何を象徴するのか。「おたく」「萌え」の心理的特性に迫る。（東浩紀）

映画は父を殺すためにある 島田裕巳

〝通過儀礼〟で映画を分析することで、隠されたメッセージを読み取ることができる。宗教学者が教える、ますます面白くなる映画の見方。（町山智浩）

無限の本棚 増殖版 とみさわ昭仁

幼少より蒐集にとりつかれ、物欲を超えた〝エアコレクション〟の境地にまで辿りついた男が開陳する驚愕の蒐集論。伊集院光との対談を増補。

死の舞踏 スティーヴン・キング 安野玲訳

帝王キングがあらゆるメディアのホラーについて圧倒的な熱量で語り尽くす伝説のエッセイ。「２０１０年版へのまえがき」を付した完全版。（町山智浩）

間取りの手帖 remix 佐藤和歌子

世の中にこんな奇妙な部屋が存在するとは！ 間取りと一言コメント。文庫化に当たり、間取りとコラムを追加し著者自身が再編集。（南伸坊）

大正時代の身の上相談 カタログハウス編

他人の悩みはいつの世も蜜の味。大正時代の新聞紙上で１２９人が相談した、あきれた悩み、深刻な悩みが時代を映し出す。（小谷野敦）

日本地図のたのしみ 今尾恵介

地図記号の見方や古地図の味わい等、マニアならではの楽しみ方も、初心者向けにわかりやすく紹介。「机上旅行」を楽しむための地図「鑑賞」入門。

旅の理不尽 宮田珠己

旅好きタマキングが、サラリーマン時代に休暇を使い果たして旅したアジア各地の脱力系体験記。鮮烈なデビュー作、待望の復刊！（蔵前仁一）

国マニア 吉田一郎

ハローキティ金貨を使える国があるってほんと⁉ 私たちのありきたりな常識を吹き飛ばしてくれる、世界のどこか変てこな国と地域が大集合。

幕末単身赴任 下級武士の食日記 増補版　青木直己

きな臭い世情なんてなんのその、単身赴任でやってきた勤番侍が幕末江戸の〈食〉を大満喫！ 残された日記から当時の江戸のグルメと観光を紙上再現。

神国日本のトンデモ決戦生活　早川タダノリ

これが総力戦だ！ 雑誌や広告を覆い尽くしたプロパガンダの数々が浮かび上がらせる戦時下日本のリアルな姿。関連図版をカラーで多数収録。

誰も調べなかった日本文化史　パオロ・マッツァリーノ

土下座のカジュアル化、先生という敬称の由来、全国紙一面の広告。――イタリア人（自称）戯作者が、資料と統計で発見した知られざる日本の姿。

建築探偵の冒険・東京篇　藤森照信

街を歩きまわり、古い建物、変わった建物を発見し調査する〝東京建築探偵団〟の主唱者による、建築をめぐる不思議で面白い話の数々。（山下洋輔）

鉄道エッセイコレクション　芦原伸編

本を携えて鉄道旅に出よう！ 文豪、車掌、音楽家――、生粋の鉄道好き20人が愛を込めて書いた「鉄分100％」のエッセイ／短篇アンソロジー。

ヨーロッパぶらりぶらり　山下清

「パンツをはかない男の像はにが手」「人魚のおしりは人間か魚かわからない」。〝裸の大将〟の眼に映ったヨーロッパは？ 細密画入り。（赤瀬川原平）

坂本九ものがたり　永六輔

名曲「上を向いて歩こう」の永六輔・中村八大・坂本九が歩んだ戦中戦後、そして3人が出会ったテレビ草創期。歌に託した思いとは。（佐藤剛）

日々談笑　小沢昭一

話芸の達人の、芸が詰まった一冊。柳家小三治と佐渡の芸能話、網野善彦と陰陽師や猿芝居の話、清川虹子と喜劇話……多士済々17人との対談集。

おかしな男 渥美清　小林信彦

芝居や映画をよく観る勉強家の彼と喜劇マニアのぼく。映画「男はつらいよ」の〈寅さん〉になる前の若き日の渥美清の姿を愛情こめて綴った人物伝。（中野翠）

ウルトラマン誕生　実相寺昭雄

オタク文化の最高峰、ウルトラマンが初めて放送されてから40年。創造の秘密に迫る。スタッフたちの心意気、撮影所の雰囲気をいきいきと描く。

脇役本　濵田研吾

映画や舞台のバイプレイヤー七十数名が書いた本、関連書などを一挙紹介。それら脇役本が教えてくれる秘話満載。古本ファンにも必読。（出久根達郎）

時代劇 役者昔ばなし　能村庸一

「鬼平犯科帳」「剣客商売」を手がけたテレビ時代劇名プロデューサーによる時代劇役者列伝。春日太一氏との語り下ろし対談を収録。文庫オリジナル。

東京酒場漂流記　なぎら健壱

異色のフォーク・シンガーが達意の文章で綴るおかしくも哀しい酒場めぐり。薄暮の酒場に集う人々との無言の会話、酒、肴。（高田文夫）

旅情酒場をゆく　井上理津子

ドキドキしながら入る居酒屋。心が落ち着く静かな店も、常連に囲まれ地元の人情に触れた店も、それもこれも旅の楽しみ。酒場ルポの傑作！

満腹どんぶりアンソロジー
お〜い、丼《どん》　ちくま文庫編集部編

天丼、カツ丼、牛丼、海鮮丼に鰻丼。こだわりの食べ方、懐かしい味から思いもよらぬ珍丼まで作家・著名人の「丼愛」が迸る名エッセイ50篇。

ひりひり賭け事アンソロジー
わかっちゃいるけど、ギャンブル！　ちくま文庫編集部編

勝てば天国、負けたら地獄。麻雀、競馬から花札や手本引きまで、ギャンブルに魅せられた作家たちの名エッセイを集めたオリジナルアンソロジー。

赤線跡を歩く　木村聡

戦後まもなく特殊飲食店街として形成された赤線地帯。その後十余年、都市空間を彩ったその宝石のような建築物と街並みの今を記録した写真集。

異界を旅する能　安田登

「能」は、旅する「ワキ」と、幽霊や精霊である「シテ」の出会いから始まる。そして、リセットが鍵となる日本文化を解き明かす。（松岡正剛）

老人力　赤瀬川原平

20世紀末、日本中を脱力させた名著『老人力』と『老人力②』が、あわせて文庫に！　ぼけ、ヨイヨイ、もうろくに潜むパワーがここに結集する。

裸はいつから恥ずかしくなったか　中野明

幕末、訪日した外国人は混浴の公衆浴場に驚いた。日本人が裸に対して羞恥心や性的関心を持ったのはいつなのか。「裸体」で読み解く日本近代史。

品切れの際はご容赦ください

ちくま文庫

南《みなみ》の島《しま》に雪《ゆき》が降《ふ》る

二〇一五年三月　十　日　第一刷発行
二〇二二年四月二十五日　第二刷発行

著　者　加東大介（かとう・だいすけ）
発行者　喜入冬子
発行所　株式会社　筑摩書房
東京都台東区蔵前二―五―三　〒一一一―八七五五
電話番号　〇三―五六八七―二六〇一（代表）
装幀者　安野光雅
印刷所　株式会社精興社
製本所　株式会社積信堂

ISBN978-4-480-43265-0　C0195